すべてのはじまりは、一通のメッセージだった

誰かに見張られている…!?

アイシテル。
アイシテル。
アイシテル。
アイシテル。
アイシテル。

どうして!?
誰がこんなことするの…?

いいから黙って
俺の言うことを聞け!!
いいか?

絶対に誰にも渡さない。
莉《り》乃《の》は永遠に
俺だけのもの

見ーつけた
姿の見えない恐怖――それはまるでアリ地獄
あなたはいったい、誰なの――!?

野いちご文庫

恐愛同級生

なぁな

STARTS
スターツ出版株式会社

× × × × ×
× × × × ×
CONTENTS

恐愛同級生
登場人物紹介
困っている人は放っておけない性格の高校二年生。ある日突然、スマホに届いた一通のメッセージをきっかけに、平和な高校生活が狂わされていく…。
鈴森 莉乃
RINO SUZUMORI
彼氏
イケメンで性格もよく、校内にはファンクラブもあるほどの人気者だけど、人に言えない過去があって…!?
五十嵐 翔
KAKERU IGARASHI

莉乃とは中三から親友。地味で目立たない存在だけど、成績優秀で、どこか人を見下しているところがある。
市川 桜
SAKURA ICHIKAWA
親友 クラスメイト
友達
三浦 玲央
REO MIURA
目立つグループのメンバーで女子にモテる。好意を寄せていた莉乃と連絡先を交換してから、マメにメッセージを送るようになり…。
親友 クラスメイト
見た目も性格も派手で、男好きとの噂がある。莉乃とは高二から親友だけど、じつは翔を狙っている…？
白石 好未
KONOMI SHIRAISHI

すべてのはじまりは、一通のメッセージだった。
姿の見えない恐怖は徐々に増していく。
それは、まるでアリ地獄。
もがけばもがくほど、足を取られ深みにはまる。
必死でよじ登ろうとすれば、まわりの壁が崩れる。
恐怖と絶望の中、最後に穴の中から顔を出すのは……。
いったい、誰……？

第一章

すべてのはじまり

「ねぇ、莉乃《りの》。翔《かける》くんとはどこまで進んだの〜？　もうヤッた？」

机に肘《ひじ》をつき、手のひらに顔をのせながら好未《このみ》が興味津々といった様子で尋ねた。

「好未ってば、急に何言うのよ。そんなこと聞かれたら莉乃が困るでしょ？　いいよ、莉乃。無理に答えなくて」

「ハァ〜？　なんで莉乃に聞いてんのに桜《さくら》が答えんのよ。桜って見た目はおとなしそうなのに言いたいことズバズバ言うよね」

「好未は見た目どおりね。ズケズケと人のプライベートに首を突っ込むんだから」

桜に言い返すことができなくなった好未は、ムッとした表情を浮かべながらあたしに視線を移した。

「で、どうなのよ？」

「だから……」

桜と好未の一触即発の危機に、あたしは慌てて割って入った。

「二人ともケンカしないでよ〜。翔とはまだキスまでだよ！って……こんなこと自分で言うのってすごい恥ずかしいね」

　答えてみたものの、今の発言を思い返して耳まで真っ赤になる。

　こんなこと友達に話すなんて恥ずかしすぎる。

「マジで～？　ていうか、本当に答えてくれると思わなかったんだけど！」

　好未が茶化《ちゃか》すようにケラケラと笑う。

「莉乃ってば素直に答えすぎよ。でも、そんなこと聞いた好未が一番悪い」

　桜が、あたしを励ますようにポンポンッと肩を叩《たた》く。

「でもさぁ、もう二か月も付き合ってるのに！　意外すぎるし～。翔くんって案外奥手なんだ？」

「ねぇ、好未。そうやって人の恋に首を突っ込むのやめなさいよ！　勝手に詮索したりするのって悪趣味だから」

「はいはいはい。すみませんねぇ～」

「何よ、その謝り方！　全然反省してないでしょ⁉」

「まぁまぁ、二人とも……。仲よくして？　ねっ？」

　険悪な二人をなだめながら、ふと教室の掛け時計に視線を移してハッとする。

「ヤバッ。職員室にプリント取りに行かなきゃいけないんだった‼」

　今日の五限は、生物の先生が出張で自習することになっていた。

午後の授業がはじまる前にプリントを取りに来るように頼まれていたのを、すっかり忘れていた。

急がないと。もうすぐ昼休みが終わってしまう。

「あたし一緒に行こうか？　この間、回収したノートも持ってくるなら、一人じゃ大変でしょ？」

「ううん、大丈夫‼　桜、ありがとう。じゃあ、行ってきます！　二人とも、仲よくね？　ケンカしちゃダメだからね！」

「はいは〜い‼　いってらっしゃ〜い！」

あたしを一人で行かせることに心配そうな桜とは正反対に、ニコニコの笑顔で手を振る好未。対照的な二人の態度がおかしくてクスッと笑うと、あたしは慌てて教室を飛び出した。


「急がなきゃ」

一階の職員室に向かう足が自然と速まる。

ピョンピョンッと階段を一段飛ばしでおりている時、ふと桜と好未の顔が頭に浮かんだ。

桜とは中三からの付き合いだ。

中学時代から成績優秀で、学年順位はいつも一位。

人の上に立ち、物おじせずにハキハキと発言できる桜。

人前に立つと顔が真っ赤になり、声が小さくなってしまうあたしにとって、桜は尊敬に値する存在。

『桜は、すごいね。なんでもできるんだもん。あたしは平凡で取り柄もないし、ホント羨《うらや》ましい』

桜は、あたしの言葉に首を横に振った。

『まさか！　莉乃に取り柄がないわけないじゃない。例えば、誰に対しても平等に優しいところでしょ。あとすごく素直。それから――』

指を一本ずつ折って数えながら、桜はあたしのいいところをあげてくれた。

『気づかいができるところ、人の気持ちを考えてあげられるところ、人を疑わないところ』

桜はいつだって優しい。なんだかあたしはいつも桜の優しさに甘えてばかりな気がする。

今までも何か悩みがあると、真っ先に桜に相談してきた。

しかも、桜に相談するとその悩みはなぜかすぐに解決した。

頭の回転の速い桜は、いつも的確なアドバイスをくれる。

『何か困ったことがあったら、すぐにあたしに言いなさいよ？』

桜は決まっていつもこう言う。

いつだってあたしは、その言葉に甘えてばかりだ。

桜はあたしの大親友であり、よき理解者だった。

心の底から桜のことを信じられる。

こんな親友に出会えたあたしは本当に幸せ者だ。

一方、好未とは高二の春、初めて同じクラスになった。

『ねぇ、友達になろ～？　莉乃って呼んでいい～？』

始業式の日、たまたま席が隣同士になった好未に声をかけられてから急速に仲よくなった。

好未を一言で表すならば、『派手』だろう。

服装や髪型などの容姿だけじゃない。

言葉ではうまく表現できないけれど、口調もオーラも笑い声もすべてが目立つのだ。

好未と仲よくなってからは、あたしと桜と好未の三人で行動することが増えた。

『あたし、ああいう軽いノリの子は好きじゃない』

桜は、好未のことをあんまりよく思っていないみたい。

見た目も性格も、桜と好未はまるで正反対だった。

曲がったことが嫌いで真面目な桜と、いつもふざけてばかりいる派手な好未。

桜がトゲのある言葉を好未に浴びせて、二人が衝突を起こすことはよくある。

今日だってそうだ。

でも、あたしの心配をよそに、いつの間にか仲直りしている。

もしかしたら、『ケンカするほど仲がよい』ということなのかもしれない。

トントンッと軽快に階段をおりていた時、パッと目の前に人が現れた。

「えっ！」

驚いて目を見開く。

う、嘘《うそ》でしょ……？

気づいた時には時すでに遅し。

階段をのぼってきた人の肩付近にあたしの体は派手にぶつかり、弾かれた体はその拍子で大きくバランスを崩す。

ぐらりと揺れる視界。背中から倒れそうになり、反射的にギュッと目をつぶって体に力を込めると、ガシャンッという何かが割れたような音がした。

次の瞬間、強い力で腕を掴《つか》まれて体を引っ張られた。

あまりに一瞬の出来事で頭がついていかない。

「おい、大丈夫か？」

低くてかすれた声におそるおそる目を開けると、そこには隣のクラスの派手な男の子がいた。

彼はあたしの腕を引っ張り斜めになった体を起き上がらせると、心配そうに顔を覗《のぞ》き込んできた。

絶対に転ぶと思っていたのに。

言葉にならなかった。

彼の反射神経のよさに驚いて、目をぱちくりさせて黙り込む。

「わりぃ。今、前見て歩いてなかった。ケガしてねぇか?」

彼のその言葉で魔法が解けたかのように、ハッと飛びかけていた意識が戻る。

「う、ううん‼ こっちこそぶつかっちゃってごめんなさい。あたしは大丈夫だけど、ケガしてない?」

「あぁ、全然」

「よかった……。あっ、助けてくれてありがとう。本当に助かったよ」

ニコッと笑いながらふと階段に視線を落としたあたしは、思わずあっと口を開けた。

彼の足元のあたりに、液晶画面を下にして落ちている黒いスマホ。

あたしが彼に腕を引かれる前に聞こえた、何かが壊れたかのような嫌な音。

不吉な予感におそるおそるスマホに手を伸ばすと、予想どおり液晶がクモの巣状に割れていた。

「嘘ぉぉ……。うわぁぁ……本当にごめんなさい‼」

顔を歪《ゆが》めながら頭を下げるあたしの手から、彼はそっとスマホを受け取った。

「別にいい。そろそろ変えようと思ってたし」

「ダメだよ……。まだキレイだもん」

「気にすんなって。俺が前見てなかっただけだし」

「本当にごめんなさい……」

「つーか、そんな死にそうな顔すんなって。別にお前のせいじゃねぇから」

「ううん。あたしのせいだよ……。あたしが階段の一段飛ばしなんてしなければこんなことには……」

「ハァ？　一段飛ばし？」

「うん……」

「お前、ガキかよ」

呆《あき》れたように鼻で笑う彼。

「うぅ……それはどうでもいいんだけど……このままにはしておけないよ」

スマホの液晶を割っておいて、そのままにしておくわけにはいかない。

「あたし、スマホ弁償するね」

「別に弁償なんてしなくていいから」

そう切り出すと、彼は何度もその申し出を断った。

だけど、あたしはしつこく食い下がった。でも結局のところ話はまとまらず、放課後に彼のクラスに行って話し合いの続きをすることになった。


「ハァ……」

今日一日で何回ため息をついただろう。

放課後になっても気分は晴れない。

あんなに慌てて職員室へ向かったのに、生物のプリントは五限に間に合わなくて先生にこっぴどく怒られるし、人にぶつかってスマホの液晶は割るし。

今日は厄日かも。

再びハァと盛大なため息をついた時、ポンポンッと肩を叩かれた。

「莉乃、一緒に帰ろう」

振り返ると、ニコッと笑う翔が立っていた。

ホント、いつ見てもキレイな顔してるなぁ。

男の子にしておくにはもったいないほど整った顔の造形。

思わず見とれてしまうほどの美貌《びぼう》。

学校内でも人気があり、ファンクラブまであるほど女の子からの絶大な支持を得ている翔が、どうして平凡なあたしのことを好きになってくれたのか今も不思議でたまらない。

「莉乃？　聞いてる？」

翔と付き合ってることが、いまだに信じられない。

翔は……あたしのどこが好きなんだろう？

どこを好きになって告白してくれたんだろう。

「……おーい、莉乃。莉乃ちゃーん」

ブンブンと顔の前で手を振られてハッとする。

「ご、ごめんね！」

「どうした？　なんか考え事？」

「あっ、うーん……。まあ、そんなところかなぁ？」

「何か心配事があるなら俺に話してよ？」

翔はそう言ってくれるけど、あたしの不注意で隣のクラスの男の子のスマホの液晶を割ってしまったなんて……ちょっと言いづらい。

見た目も性格もパーフェクトなだけじゃなく、勉強も運動も完璧にこなす翔。

翔と自分とでは、不釣り合いだって自覚しているつもり。

いつもできるだけ翔に合わせようと背伸びしているけど、たまに大きなミスを犯してしまう。

「う、うん。ありがとう」

やっぱり翔には言わずにおこう。

ニコッと笑ってそう答えながら、頭の中で必死に考えを巡らす。

今日、一緒に帰れない理由を、なんとか考えなくちゃ。

これからあたしは隣のクラスへ行くことになっている。

彼との約束を守るためには、翔と一緒に帰るわけにはいかない。

なんとか適当な理由をつけて断らないと。

「翔、ごめんね。あたし今日、図書室に寄ってから帰ろうと思って」

「あー……そっか。じゃあ、俺も行くよ」

「えっ⁉　えっと、んー……あっ、違った。あたし、数学で全然わからない問題があって先生に聞こうと思ってたの。ホント、全然わからなくて困っちゃって」

同じようなことを二度も繰り返すなんて、怪しすぎるってわかってる。

口調もしどろもどろになり、目の下が引きつる。

あたしって……本当に嘘をつくのがヘタだ。

「数学ならたぶん教えられる。図書室で教えようか？」

「えっ⁉　ううん、すっごく難しい問題だから、翔でも解けないと思うんだ！」

「そんな難しい問題があるんなら、俺も知りたいな」

「あー、えーっと、それだけじゃなくて、いろいろ先生に聞きたいこともあって……だから……」

しどろもどろになりながら必死に説明すると、翔は納得してくれたようだ。

「……そっか、わかった。あんまり遅くならないうちに帰れよ？」

「うん。ありがとう！　また明日ね‼」

「じゃあ」

あたしの頭をポンポンッと叩いて教室をあとにする翔に、ホッと胸を撫《な》でおろす。

ごめんね、翔。

嘘ついてごめんね……。

だけど、これも翔とこれから先もうまく付き合っていくためなの。

というより、翔に嫌われたくないという一心での嘘。

今日だけは大目に見てね……‼

少し時間を置いてから、教室の戸からわずかに顔を出して廊下を見る。

「もう大丈夫だ……」

翔が帰ったのを確認してから、あたしは隣のクラスへ向かった。

「三浦《みうら》くん、ごめんね‼」

「遅い。ったく、何してたんだよ」

誰もいない教室に入ると、席に座っていた三浦くんは待ちくたびれたのか、眉間《みけん》にシワを寄せながら不満を口にした。

「ごめんなさい。ちょっと、いろいろあって……」

「まぁいいけど。で、スマホの話って?」

三浦くんの席の前にあるイスに腰かける。

「さっきも言ったけど、あたし、三浦くんのスマホの弁償するね。でね、本当に申し訳ないんだけど、今は手持ちがなくて……。一回家に帰ってからお金を取ってこないといけないんだけど……」

「あぁ」

「だから、どこかで待ち合わせするか、三浦くんが指定した場所にお金を届けるよ。それか、直接ショップに行くか。どうかな?」

スマホは毎日使うものだし、液晶が壊れてしまったら不便に違いない。

自分のスマホが壊れたら泣きそうなぐらい困るし。

ううん、きっと泣いてしまうだろう。それぐらいスマホは手放せないもの。

今すぐ新しいものにするか、液晶を修理に出すかしか選択肢はない。

とにかく、一刻も早く三浦くんが普段どおりの生活ができるようにしなくちゃ。

「つーか、本当に弁償なんてしなくていいから」

「そんなわけにはいかないよ！　あたしがぶつかったから壊れちゃったんだし」

必死に食い下がる。

すると、三浦くんがゆっくりと口を開いた。

「もしも、の話だけど」

「うん？」

「もし、このスマホの液晶が最初から割れていたとしたら？」

「えっ？　どういうこと？」

首をかしげて考え込むあたしに、三浦くんは呆れたように笑った。

「最初から壊れてたものを、わざとお前のせいにして弁償させようとしてるかもしれないとか考えないんだ？」

三浦くんの言葉に目が点になる。

「うーん、たしかに言われてみればそうだね。だけど、三浦くんのスマホが床に落ちて壊れた音も聞いたもん。それに、もし本当に弁償してほしいなら『弁償しなくていい』なんて言わないでしょ？」

笑顔でそう答えると、三浦くんはハァと小さなため息をついた。

「相手のこと信じすぎ。なんで疑わないいんだよ。俺とお前って今まで関わり合いなかっただろ？」

「それはそうだけど、三浦くんを疑う理由なんてないから」

今までだって、そうやって生きてきた。

そもそも人を疑うことはない。

『愛されたいなら自分から愛しなさい』

『信じてもらいたかったら相手を信じなさい』

『疑われるのが嫌なら相手を疑うのはやめなさい』

そんな両親の教えもあったけど、今まで人を疑わずに生きてこられたせいもあるのかもしれない。

幸せなことに、あたしは人に恵まれていた。

一人っ子ということで両親の愛情もひとりじめしてきたし、誰かに嫌なことをされたこともなく、平凡な幸せを掴んできた。

「まぁ、いいか。俺的には関わりが持てて正直ラッキーだったし」

すると、三浦くんはふっと柔らかい笑みを漏らした。

「ラッキーって？」

「俺、前からお前のことが好きだったから」

「ふぅん……。そうだったんだね」

ニコッと笑って三浦くんの言葉に相槌《あいづち》を打ってからハッとする。

え？　前からあたしのことが……好き？

「って、えっ⁉　嘘……‼」

「いや、マジ」

「えー……、あ、ありえないよぉ～‼　あははは、三浦くん、からかわないでよー」

こういう時、どう答えたらいいのかわからずに「あははっ」と笑い飛ばすことしかできない自分が嫌になる。

「笑うなよ」

ムッとしたのか目つきが鋭くなる三浦くん。

その反応って……まさか……本当にあたしのことを？

「嘘でもないし、からかってもいない。俺、お前が好きだから」

まっすぐあたしの目を見つめたまま、そう告げてきた三浦くん。

その目は真剣で、彼が冗談を言っているようには思えない。

「ほ、本当に……？」

「あぁ」

まさかの展開に頭の中がパニックになる。

隣のクラスで、いつも派手な集団と一緒にいる三浦くんがあたしのことを好き？

校内でも目立つ三浦くんのことは知っていたけど、まさかあたしのことを知っていたなんて。

それどころか好きでいてくれたなんて……。

信じられない告白に思考が停止寸前になる。

でも、あたしは……。

「三浦くんの気持ちはすごくうれしい。好きって言ってくれて本当にありがとう。だけど、あたし……付き合ってる人がいるの」

「知ってる。五十嵐《いがらし》翔だろ？」

「あっ、うん。知って……たんだ？」

「あぁ。でも、正直、あいつとは早めに別れたほうがいいと思う」

「え？」

思いがけない三浦くんの発言に目を白黒させる。

でも、自分の中ですぐにある結論に至った。

「あっ、そっか。たしかにあたしと翔は不釣り合いだもんね。翔は女の子にモテモテだし、あたしなんかが長く付き合っていられるわけないか」

続けて「あははっ」と苦笑いを浮かべるあたしの腕を、三浦くんが突然ギュッと掴んだ。

「違う。そういうんじゃねぇよ」

「えっ？」

掴まれている腕と三浦くんを交互に見返すと、三浦くんは訴えるような目をこちらに向けた。

な、何……？　どうしちゃったっていうの……？

シーンっと静まり返った教室内で、あたしと三浦くんは無言で見つめ合う。

三浦くんは何も言わない。

首をかしげながら三浦くんを見つめる。

三浦くんの瞳《ひとみ》からは何かとてつもなく強い想《おも》いが感じられ、その想いを、あたしにどう伝えようか迷っているように思えた。

ほんのわずかな時間がとても長く感じられる。

あたしはただ黙って三浦くんを見つめ、次の言葉を待つことしかできない。

沈黙を破ったのは三浦くんだった。

「つーか、スマホの弁償はしなくていいから、たまにメッセージしていいか？」

三浦くんはパッとあたしの腕から手を離して尋ねてきた。

「メッセージ？　スマホの弁償じゃなくて、メッセージ？」

「あぁ。暇な時、付き合ってくれるだけでいい」

「うーん……。でも、それじゃ三浦くんに申し訳ないよ」

「俺はそっちのほうがいい」

正直、翔以外の男の子と定期的にメッセージのやりとりをしたことがなかったあたしは悩んだ。

だけど、暇な時に三浦くんとメッセージのやりとりをするだけ。

スマホの液晶を割ってしまった責任は、あたしにある。

彼の望みがメッセージのやりとりなら、あたしはそれに従うしかない。

三浦くんを異性として意識しているわけじゃないし、浮気にはならないはず。

それに、三浦くんは知っている。

あたしには翔という彼氏がいることを……。

「うん。わかった。いいよ」

ニコリと笑いながら頷《うなず》くと、彼は鋭い目をいくらか細めた。

三浦くんに自分のＩＤを伝え、互いに友達登録をした。

たまにメッセージのやりとりをするだけの関係は、すぐに終わるだろう。

隣のクラスというだけで、他に接点のないあたしたち。

『好き』とは言われたけど、付き合ってくれとは言われていない。

三浦くんはあたしと翔が付き合っているのも知っているし、気持ちを伝えてくれただけ。

付き合ってくれと言わなかったのは、三浦くんがそれを望んでも叶《かな》わないことを知っていたからだろう。

この時のあたしの考えは、あまりにも浅かった。

その先に何があるのか、この時はまだ知らなかったから。

この軽率な行動が、のちに起こる恐ろしい悲劇のはじまりだった。

——あの時、深く考えずに彼とのメッセージのやりとりを決めてしまったあたし。

今なら、言える。

彼とメッセージのやりとりをしてはいけない。

彼に近づいてはいけない。

彼に関わってはいけない。

あたしの知らないところで、恐怖と絶望は音も立てずに忍び寄ろうとしていた。

甘く幸せな時間

翌日から、三浦くんは毎日のようにメッセージを送ってくるようになった。
暇な時、と限定していたのに、彼からのメッセージは日を追うごとに多くなる。
【三浦くん：今、なんの授業？】
【古典だよー。全然わかんない】
【三浦くん：こっちは数学。ねみー】
【寝てもいいよ】
【三浦くん：メッセージしてれば平気。つーか、五十嵐とうまくいってんのか？】
【うん。ケンカもせずに仲よくやってるよ】
【三浦くん：へぇ。じゃあ、俺とメッセージしてることも五十嵐は知ってんの？】
【それは話してないよ。翔に余計な心配かけたくないから】
困ったな。送信し終えてハァとため息をつく。
今日、翔と交わしたメッセージのやりとりは三回。
三浦くんとは二十五回。

これじゃ、どっちが彼氏かわからない。

たまになら……と、安易な気持ちではじめた三浦くんとのメッセージ。

だけど、こんなに頻繁では翔に申し訳ない気持ちになる。

『好き』と目を見て言ってくれた三浦くんの気持ちも知っている。

あたしに好意を抱いている相手とメッセージのやりとりをするのを、翔だってよくは思わないはず。

逆の立場だったら、あたしだって嫌な気持ちになるだろう。

スマホを握りしめて考え込んでいると、再びメッセージが届いた。

【三浦くん：余計な心配、か。つーか俺、別に変なこと考えてるわけじゃねぇから】

【変なことって？】

【三浦くん：鈴森《すずもり》と五十嵐の間に割って入ろうなんて思ってない】

あたしはあえて、彼をけん制する言葉を返した。

【あたしと翔の間には誰も入れないよ～！　今もラブラブだから】

自分でラブラブって送るなんて、顔から火が出そうなくらい恥ずかしい。

だけど、ちゃんと三浦くんに伝えなくちゃ。

あたしがどんなに翔のことが好きか……。

これは三浦くんのためでもある。期待に応《こた》えることはできないのに、ヘタに希望を持たせるような態度をとることは相手にとっても失礼だ。

【三浦くん：間に入ろうとは思ってないけど、正直、五十嵐を鈴森から引き離したいとは思ってる】

えっ……？　あたしから翔を……引き離す……？

三浦くんの文面に、わずかな違和感を覚える。

間に入る気はないけど、引き離したい……？

それって、どういう意味……？

彼の言葉が理解できず、心の中がモヤモヤする。

【引き離そうとしても引き離せないくらい、あたしたちの絆《きずな》は強いんだよ？（笑）。ごめんね、もう充電切れるから】

バイバイと手を振るスタンプを送って、一方的にメッセージを切る。

充電が切れそうなんて嘘だった。

彼に嘘をついてしまったことに後ろめたさを感じたものの、このまま三浦くんとメッセージのやりとりを続けることに抵抗を感じはじめていた。

自分の中で……期限を決めたほうがいいかもしれない。

一週間……十日……二週間……。

ううん、一か月。一か月を期限にしよう。

もし一か月後もメッセージのやりとりが続いていたならば、三浦くんにはっきり言おう。

これ以上、メッセージのやりとりを続けることはできない……と。

だけど、スマホの液晶を壊したのはあたしだ。一か月くらい我慢しなくちゃ……。

《ブーッブーッ》

再び手の中のスマホが震えた。

また三浦くんからメッセージが届いたのかもしれない。

あたしは一度ため息をつくと、メッセージを確認することなくスマホの電源をＯＦＦにした。


「へぇ。キレイにしてるんだな～」

放課後。

うちに遊びに来た翔は、部屋に入るなりキョロキョロと部屋を見渡して感心したように呟《つぶや》いた。

「そんなことないよ～」

「いや、相当キレイだから」

「本当？　それならよかった」

ホッとしたように胸を撫でおろす。

典型的なO型のあたし。

昨日まではベッドの上に脱いだばかりの制服が雑に置かれていたし、床には読み終えた雑誌やマンガが積み重なっていた。

だけど、翔が突然うちに来ることになり、慌てて片づけた。

見るはずもない窓ガラスまで磨いたし、床は雑巾《ぞうきん》がけまでしてしまった。

お父さんが買ってくれたデスクトップのパソコンの上に積もりに積もったホコリの山も、キレイにふき取った。

すべては翔によく思われるため。

「飲み物持ってくるからちょっと待ってて?」

「あぁ。ありがと」

翔にほほ笑み、部屋をあとにする。

翔との出会いは、高校に入学してからすぐのことだった。

『五十嵐翔っていう超イケメンがいる』

入学式の日からしばらくは、どのクラスも翔の話題で持ちきりだった。

翔のことを廊下から一目見るために、クラスメイトの女の子たちは休み時間のたびに隣のクラスへ向かった。

『莉乃は見に行かないの？』

桜に聞かれたあたしは首を横に振った。

『あたしとは縁のない人だから』って。

この時は本当にそう信じて疑わなかった。

だけど、それからすぐにあたしはひょんなことから翔と出会った。

高校生活にも慣れはじめて気持ちの余裕が生まれてきたころ、あたしは初めて図書室を訪れた。

小さな図書室にはたくさんの本が並び、図書館特有の木の香りが心を落ちつかせた。

春先の暖かい陽気の中での読書。自然とまぶたが重くなる。

机に顔を伏せると、いつの間にか眠りの世界に落ちていった。


「んっ……？」

ふと目を覚ますと、目の前には見知らぬ男の子が座っていた。

寝ぼけまなこで彼を見つめると、彼は申し訳なさそうに読んでいた本をぱたんっと閉じた。

「勝手に借りてごめん。面白そうな本だったから」

「えっ……？　あぁ……」

彼の手の中にあるのは、あたしが眠る前まで読んでいた本だった。

「よかったら先にどうぞ」

いつからここにいたんだろう。あたし、いびきとかかいてなかったかな……？

男の子とあたししかいない静かな図書室の中でいびきをかいてしまったとしたら、とんだ赤っ恥だ。

急に恥ずかしくなって、慌てて荷物をまとめて図書室をあとにしようとするあたしに、彼はニコッと太陽のような笑みを浮かべた。

「キミって、隣のクラスの鈴森さんだよね？　鈴森莉乃さん」

「どうしてあたしの名前……」

「クラスの奴《やつ》らが、隣のクラスに超かわいい子がいるって言うから、こっそり一度見に行ったんだよね」

彼は笑顔を崩すことなく続ける。

「鈴森さんのこと、他のクラスの奴もみんな狙《ねら》ってるって聞いたよ。でも、鈴森さんは高嶺《たかね》の花《はな》だから手を出しづらいみたいだね」

高嶺の花……？

彼の言葉の意味がわからずに首をかしげると、

「俺、五十嵐っていうんだ。五十嵐翔。よろしくね」

彼は無邪気な笑みをこちらに向けた。

五十嵐翔……？

どこかで聞いたことがある名前だ。

「あっ、五十嵐くん！」

その時、ようやく彼が噂《うわさ》の五十嵐翔くんであることに気がついた。

たしかに目鼻立ちは整っている。

王子様のような柔らかい笑顔が印象的だ。

一八〇センチ近くある身長、長い手足。

笑うと幼くなる表情に母性本能をくすぐられる。

たしかに女の子がキャーキャー言うのもうなずける。

「俺のこと知ってた？」

「クラスの女の子たちが、五十嵐くんのことを隣のクラスまで見に行ってたよ」

「クラスの女の子たちか……。鈴森さんは見に来てくれなかったの？」

「あたしは……五十嵐くんみたいにカッコいい男の子とは縁がないから」

「そんなことないって。つーかもう、俺らには繋《つな》がりができたしさ」

「繋がり……？」

「そう。お互いの共通の趣味」

彼はそう言うと、持っていた本を顔の横に寄せて笑った。

その笑顔につられて、あたしまで笑顔を浮かべていた。

「鈴森さんが読んでた本だから気になって読んでみたけど、その本、面白いね。まだ出だしだけど、主人公が家を出たあとのシーンがすごい気になる」

目を輝かせて本の話をする彼に、ほっこりした気持ちになる。

「家を出るところまではまだ読んでないんだけど、その前までは読んだよ」

「あ、悪い。ネタバレした？」

「ううん、全然大丈夫！」

「よかった」

くったくなく笑う翔につられて、あたしもほほ笑んだ。

あたしたちはその日を境に、たびたび図書室で顔を合わせるようになった。

そして高二の春、同じクラスになって少したったころ、翔に告白されて付き合いはじめた。


「遅くなってごめんね。コーヒーでよかった？」

「ありがとう」

部屋に戻りコーヒーをローテーブルの上に置くと、翔の手に一冊の本が握られていることに気がついた。

「この本が、俺と莉乃が付き合うきっかけを作ってくれたんだよな」

翔と付き合い出してから、書店で見かけて思わず買ってしまった思い出の本。

「うん。大切な本だから、本棚の一番目立つ場所に飾ってるの」

「そっか。今思えばあの時、図書室に行って莉乃と会えてラッキーだったな」

「ラッキー？」

その言葉に、ふと数日前を思い出す。

『本当に弁償なんてしなくていいから』

『そんなわけにはいかないよ！』

『俺的には関わりが持てて正直ラッキーだったし』

三浦くんのことが頭をよぎったと同時に、スマホの電源をずっと切っていたことに今さらながら気がついた。

「莉乃のことがずっと気になっててしゃべってみたいと思ってたけど、クラスも違うし、なかなかチャンスがなかったから。あの日、図書室で寝てる莉乃に気づいてチャンスだと思ったんだ」

「そんなこと言われると、うれしくなっちゃうよ」

「いや、本当に。今でも莉乃と付き合えたのが信じられないし」

「それはあたしのセリフだよ～。翔と付き合えるなんて思ってなかったもん」

「俺、こんな幸せでいいのかなって、たまにすげぇ不安になる。莉乃のことヤバいくらい好きなんだけど」

思ったことは全部口にしてくれる翔。

『好き』って言葉を言われると、うれしさが体中に広がってくすぐったい気持ちになる。

うれしくてたまらなくなって顔がにやけちゃう。

「あたしも好き。大好きだよ……翔……」

そう口にしたと同時に、翔があたしの体をギュッと抱きしめた。

あたしの体は翔の腕にすっぽりと収まる。

「莉乃……いい？」

「うん……」

翔がうちに来ると決まった時に覚悟は決めていた。

「……んっ」

翔があたしの首元に顔を埋めると、首筋にチクッとした甘い痛みが走る。

翔はあたしの唇に何度もキスを落とすと、体をそっとベッドに横たわらせた。

キスの合間に聞こえる『好き』の言葉。

気持ちが高ぶり、声が漏れる。

翔は壊れ物でも扱うみたいに、優しく丁寧にあたしの体に指を這《は》わす。

いつの間にか薄暗くなった部屋の中で、あたしは翔の首に腕を回して抱きついた。

耐えることのできない甘い刺激に、心も体も押しつぶされそうになる。

怖くなって翔の名前を呼ぶと、翔は「大丈夫だよ」と、あたしの頭を優しく撫でてくれる。

あたしと翔、二人だけの甘くて幸せな時間。

「莉乃……っ」

「翔……っ」

翔のかすれた声が、あたしの頭をしびれさせる。

このまま、この瞬間がずっと続けばいいのに。

翔と二人の……幸せな時間がずっとずっと……。

この時、あたしの頭の中は翔でいっぱいで、三浦くんのこともメッセージのことも何も考えられなくなっていた。

幸せの裏で忍び寄る黒い影に……。

この時のあたしは、まだ気づいていなかった。

翔が帰ったあと、スマホの電源をONにしたあたしは思わず声を漏らした。

「三浦くんだ……」

【三浦くん：充電できたか？】
【三浦くん：家ついたらメッセージして】
【三浦くん：今、五十嵐と一緒か？】

バイバイというスタンプを送ってメッセージのやりとりを終わらせたはずなのに、一方的に何度も送ってくるなんて。

既読にしてしまったことを後悔しながら、あたしはスマホをベッドに放り投げた。

あと一か月、三浦くんとのメッセージは続けられるだろうか。

三浦くんは暇な時って言っていたけれど、明らかに日を追うごとにメッセージの回数が増えている。

いっそのこと液晶の修理費を無理やりにでも渡して、メッセージのやりとりをやめたほうがいいのかもしれない。

だけど、もし彼に悪気がないとしたら……。

ただ単純に友達として、あたしとやりとりをしているだけだったとしたら……？

彼のスマホの液晶を割った原因を作ってしまったという罪悪感から、あたしは彼に対して強く出ることができないでいた。

《ブーッブーッ》

その時、ベッドの上のスマホが音を立てて震えた。

翔が家について連絡をくれたのかと思い、慌ててスマホを掴んで画面をタップする。

「えっ……？　メッセージ？」

液晶には【友達に追加されました】と表示されている。

「誰……かな……？」

不思議に思いながらメッセージを開いて、あたしは目を見開いた。

【そろそろ、制服を脱いだほうがいい。シワになるよ】

絵文字も何もない単調なメッセージ。

制服を脱いだほうがいい……？　シワになる……？

慌てて自分の服装を確認すると、たしかに制服を着ている。

「何これ……」

どうしてメッセージの送信者は、あたしが制服を着ているってわかるの……？

何? どういうこと?
誰かに……今の様子を見られている?
まさか……。でも、いったいどこから?
部屋中を見渡してハッとした。
「……カーテンが……開いてる」
部屋には二つの窓があった。
道路に面している南側と隣の家に面している東側。
カーテンが開いていたのは、道路側の窓だった。
嘘でしょ……?
まさか、そんな……。
うろたえながらも窓際へ駆け出し、乱暴にカーテンを閉める。
窓の外に誰かいるか確認する余裕などなかった。
あまりの恐ろしさに呼吸が乱れて、背筋に冷たいものが走る。
「なんで……? どうして……」
誰かが、カーテンの隙間からあたしを覗き見していたっていうの……?
まさか。そんなはずない。
きっとイタズラだ。

誰から届いたのかわからないこのメッセージだって、ただの迷惑行為に決まってる。

今までだって、たまに送信者不明のメッセージが送られてきたじゃない。

《アイドル××のマネージャーですが、××があなたとどうしてもメッセージのやりとりをしたいといっています。どうか××の悩みを聞いてあげてください》

《お金稼ぎに興味ない？　すぐ稼ぐ方法教えるよ！　このURLにアクセスしてね♪

http://www～》

このあたりまでは、すぐにスパムだって判断ができた。

だけど、迷惑行為も巧妙になっている。

《久しぶり！　ひろしだけど、覚えてるかなぁ？》

このメッセージが届いた時、首をかしげた。

ひろしという男友達はいなかったけれど、同じクラスに『ひろし』という名前の男の子がいた。

連絡先を交換した覚えはないし、返信しようかどうか迷いに迷って桜に相談すると、はっきりこう言われた。

『それ、迷惑メールだよ』って。

きっと大丈夫。

さっき届いたメッセージも新種の迷惑メールに決まってる。

こっちが怖がって返信してしまえば相手の思うつぼ。
そのやりとりを続けながら話題をのらりくらりと変え、高額請求されるに違いない。
ハァ、危ない。あと少しで騙《だま》されるところだった。
「あはは……。あたし、バカみたい……」
慌てて損しちゃった。
自分自身のバカさ加減に呆れながらもホッと息をついた時、
《ブーッ、ブーッ》
再びスマホが震えた。
「キャッ‼」
驚いて手に持っていたスマホを落としそうになる。
「ハァ……、ビックリした。今度こそ翔からかな……」
家につくと決まって【今、家についた】とメッセージを送ってくれる翔。
翔だと疑わずに画面をタップしてハッと息をのんだ。
またメッセージだ……。
さっきと同じ相手からのメッセージ。
アイコンは初期設定のままで、名前は空白になっている。
今度はいったい何……？

送信者不明のメッセージに、心臓が嫌な音を立てはじめる。

鼓動が速まる。

ゴクリと唾《つば》を飲み込んで指で画面をタップする。

【もう寝るの？】

「な、何これ……。なんなの……？」

スマホをベッドに投げつけ、震える体を両腕で抱きしめる。

恐怖で全身に鳥肌が立つ。

おかしい……。

何かがおかしい……。

カーテンを閉めた矢先に届いた意味深なメール。

あまりにもタイミングがよすぎる。

まるで、近くで見張っていたみたいに……。

近くで……見張っていた……？

「やだっ……」

ベッドに駆け寄り、一時的に恐怖から逃れるためにスマホを掴んで電源をＯＦＦにする。

いったい誰がメッセージを送っているんだろう……。

あたしの連絡先を知っている人……。

友達登録されたということは、電話番号を知っている人？

それとも、メッセージアプリのＩＤを知っている人？

嫌な胸騒ぎがして、頭がガンガンと痛む。

さっき閉めたばかりのカーテンを、もう一度隙間なくきっちりと締め直してから部屋を見渡す。

ベッドに学習机、最近買ってもらったばかりのパソコン、ミニコンポ、本棚。

ベッドサイドには、翔にＵＦＯキャッチャーで何回も取ってもらったたくさんのぬいぐるみが置かれている。

変わったところは一つもない。

その時、ふとある疑問が頭をかすめた。

不審なメッセージを送ってくる相手は、あたしと繋がっている人のはず。

今まで迷惑メールはあっても、こんな気味の悪いメッセージが届いたことは一度もなかった。

ということは、このメッセージの送信者は、最近あたしの連絡先や情報を知った可能性が高い。

もしくは最近、あたしとトラブルになり、それがきっかけとなって嫌がらせをしようとしている。
だけど、思い当たるトラブルはない。
今まで平凡な毎日を送っていた。
自分のまわりで何か変わったことってあったっけ……？
脳をフル回転させて考えている時、あることを思い出した。
そうだ。最近、連絡先を交換した人が一人いる。
だとすると、このメッセージを送ってきた人は……。
「一人しか……いない」
ある人物の顔が頭に浮かんだ。
「まさか……そんなことするなんて思えない。違う、あたしの思い違い！」
でもすぐに、ぶんぶんと首を振ってその考えを打ち消す。
まさか、三浦くんがそんなことをするはずない。
彼は面と向かって『好き』だと伝えてくれた。
そんな彼が、あんなメッセージを送るような真似《まね》をするはずがない。
それに彼はモテる。
校内でも、『不良』と呼ばれている男の子たちの中心にいるような人。
背も高くて顔立ちのいい彼は、一部の派手めな女の子たちから熱狂的な支持を得ている。

そんな彼が、あたしに本気で執着するとは思えない。

きっと勘違いだ。

あたしの勘違いに違いない。

今も鼓動が速まり、気持ちが高ぶって落ちつかないけれど。

「もう寝ちゃおう……」

あたしは現実から逃れるようにそのままベッドに滑り込み、布団《ふとん》を頭からかぶった。

ストーカーの正体

　結局、朝までほとんど眠ることはできなかった。

　目をつぶると届いたメッセージの内容が頭に浮かび、どこかで誰かに覗き見されているような気がした。

　自分の部屋にいるのに気持ちが落ちつかず、無意識にあたりをキョロキョロと見渡してしまう。

　それは学校にいる間も同じだった。

　今朝、翔には『昨日メッセージしたのに返事なかったけど、なんかあった？』と不思議そうに聞かれた。

『疲れて寝ちゃって。ごめんね』

　心苦しく思いながら嘘をつくと、翔は『そっか』となんの疑いも持たずにポンッとあたしの頭を叩いた。

　翔と結ばれて幸せな日だったはずの昨日が、とても恐ろしい日になってしまった。

「莉乃、風邪でもひいた？　なんか顔色悪いけど……」

昼休み。

お弁当にほとんど手をつけていないあたしに、桜が心配そうに問いかけてきた。

「うん。ちょっと寝不足なんだ」

「朝から元気ないし何かあったのかなって心配してたんだから。五限は体育だし、保健室で休んだら？」

「そうしようかな。心配してくれてありがとね」

桜にほほ笑んだ時、「あっ……！」と好未が声を漏らした。

その声とほぼ同時に、頭上から「鈴森」とあたしを呼ぶ声がした。

顔を上げると、そこにはどこか険しい表情を浮かべた三浦くんが立っていた。

「三浦くん……」

どうしてここに……？

三浦くんを見た瞬間、不安が湧き上がり思わず顔が強張《こわば》る。

震えそうになる手を、もう一方の手でギュッと押さえつけた。

「ちょっといいか？」

「あ、あたしに……何か用……？」

緊張からか、石のように固い表情になっているのが自分でもわかった。

それに気づいたのか、三浦くんの表情も強張る。

「あぁ」

ドクンッと心臓が震える。

口の端が引きつってうまく笑えない。

「じゃあ、ここで話してくれる……？　あたし、ちょっと体調が悪くて……」

そう言いながら後ろを振り返り、翔の姿を探す。

だけど、翔は学食へ行っているのか教室に姿はなかった。

「ここじゃ話せない話だから」

はっきりとした口調で言った三浦くん。

すると、何を勘違いしたのか、好未があたしの脇腹を肘でついた。

「ちょっとちょっと～、莉乃ってば三浦くんと浮気？」

小声で楽しそうに囁《ささや》く好未に「違うよ」と返す余裕すらなく、顔を引きつらせたまま三浦くんに向き直る。

なんとかして断らなくちゃ。

このまま二人っきりになってはいけない。

頭の中で危険を知らせる警告音が鳴り響く。

「もー、莉乃ってば、なに固まってんのよ～‼　早く行きなって‼」

でも、そんなあたしの思いを知らない好未はポンッとあたしの背中を押す。

そ、そんな……‼

お願いだからやめて。

後押ししないで……‼

「で、でも……」

困り果てて桜に視線を移すと、桜も頷いた。

「何か話があるみたいだし、聞いてあげたほうがいいんじゃない？　翔くんには黙っててあげるから大丈夫。でも、そのまま保健室に行きなよ？」

「う、うん……」

頼みの綱だった桜にまでそう言われ、断るすべを失ったあたしはしぶしぶ立ち上がり、三浦くんのあとをついていった。

廊下は大勢の生徒たちで溢《あふ》れ返っていた。

彼はスマートな動きで「こっち」とだけ言うと、あたしの腕を掴んで自分の隣に引っ張る。

あたしは三浦くんの指示に従って彼の隣を歩いた。

そして人の少ない場所へ移動すると、あたしはおそるおそる尋ねた。

「あのっ……話って……何かな……？」

「お前さ、昨日メッセージ無視しただろ」

「……っ」

やっぱり昨日のことだ……。

少しだけ予想はしていたのに、突然のことにうまく返すことができない。

「別に無理に返事が欲しいって言ってるわけじゃない。でも、家にいるかどうかだけは教えてくんない？」

「ど、どうして……？」

「お前が心配だから」

「あたしが心配……？」

「だから、言っただろ？　俺、お前のことが好きなんだって。誰だって好きな奴のことは心配する……」

「あのっ！」

あたしは三浦くんの言葉を遮った。

「昨日、ずっと翔と一緒にいたの。だから、三浦くんにメッセージを返せなかった。翔に誤解されたくなかったから」

「誤解も何も、俺ら別に何もないだろ？」

「だけど……」

「お前、何か誤解してんだろ？」

今度は三浦くんが、あたしの言葉を遮る。

「俺、たしかにお前のことが好きだけどストーカーじゃねぇから」

「ストーカー……？　なんのこと？」

三浦くんの口から出た言葉に、昨夜のメッセージがよみがえる。

誰かに見られているような恐怖。

その恐怖は今もなお、心に刻み込まれている。

「さっきから、すげぇビクビクしてんじゃん。俺が何かすると思ってんだろ？」

「別にそういうつもりじゃ……」

心の中を見透かされているみたいな居心地の悪さに、思わず苦笑いを浮かべる。

「単純な奴。思ったこと全部顔に出るんだな。つーか、俺、嫌われすぎだな」

三浦くんは呆れたように言うと、どこか寂しそうに笑った。

「ごめんね……あたし……」

「別にいいって。俺はどう思われようと。ただ、お前が心配なだけだから」

彼の繰り返す『心配』という単語が引っかかる。

「まぁいいや。とにかく無事なら」

すると、彼は急に歩き出した。

あたしは彼の半歩後ろを歩きながら様子をうかがう。

あのメッセージは本当に三浦くんが送ったのだろうか……？

三浦くんは何も言っていなかった。

だけど、三浦くん以外であのメッセージを送りそうな人の見当がつかない。

「……ごめんな、具合悪いのに呼び出して」

「えっ……？」

考え事をしていたせいで、まわりをまったく気にしていなかった。

足を止めると、そこは保健室の目の前だった。

もしかして……わざわざ保健室まで送ってくれたの……？

「あっ、ううん……。大丈夫だよ」

「じゃあな。ゆっくり休めよ」

わずかに表情を緩めて言う三浦くん。

「あっ、あの‼」

あたしは慌てて彼を呼び止めた。

「三浦くんってさ、スマホ新しくしたんだよね？」

おそるおそる尋ねると、三浦くんの表情に影が差した気がした。

目を細めて、いぶかしげな表情を浮かべる三浦くん。

「替えたけど、なんで？」

「スマホって一台しか持ってない……？　メッセージのアカウント、いくつか持っているとか……」

「いや、一つしか持ってない。つーか、なんでそんなこと聞くんだよ」

「そ、そうだよね！　ごめんね、なんでもない」

「変な奴。つーか、早く休めって。じゃあな」

彼は不思議そうに言うと、そのままあたしに背中を向けて歩き出した。

「やっぱり……あたしの思い違いだよね……」

保健室のベッドに横になりながらポツリと漏らす。

あのメッセージを送ってきたのは三浦くんかもしれないと疑っていたけれど、やっぱりあたしの思いすごしだろう。

彼に呼び出されてビクビクしていたけれど、彼はあたしに危害を加える気はなさそうだった。

それに、結果的には保健室まで連れてきてもらったことになる。

あたしは一呼吸つくと、握りしめていたスマホの電源をＯＮにした。

昨日の夜からずっと電源を切っていたスマホ。

起動するまでが、とても長い時間に感じられた。

【翔：今、家ついた！ 今日はゆっくり休んで】

アプリを開くと、翔からのメッセージが届いていた。

その他にも桜や他の友達数人からのメッセージが届いていただけ。

送信者不明のメッセージは届いていない。

「よかった……。来てない……」

思わずホッと胸を撫でおろす。

もしも電源をONにして大量のメッセージが届いていたら、あたしは恐怖におののいていただろう。

だけど、メッセージは来ていなかった。

やっぱりあれは、迷惑メールのようなものだったんだ。

心底安心してスマホを胸元で抱きしめた時、スマホが震えた。

メッセージだ。

メッセージが届いた。

心が震え上がり、全身に嫌な緊張が走る。

こわごわとスマホをタップしてメッセージを開いたあたしは、衝撃的な文面に目を見開いた。

【ゆっくり休んでね】

「何これ‼」

口の中がカラカラに乾き、背筋に冷たい虫が這い上がってくるような寒気を覚える。

「嫌だ……なんで……」

こんなメッセージをリアルタイムに送れるなんて、今、あたしが保健室にいることを知っているとしか思えない。

「やっぱり……三浦くんだ……」

あたしが保健室にいるのを知っている人は三浦くんしかいない。

湧き上がっていた疑惑が確信に変わり、同時に恐怖が訪れる。

三浦くんの目的はいったい何……？

どうしてわざわざこんな手の込んだことをするの……？

三浦くんの考えていることがわからず頭が混乱する。

あたしはすぐに、三浦くんのメッセージと送信者不明のメッセージをブロックした。

もう三浦くんと関わるのはやめよう。

彼の発した『心配』という単語が、あたしにさらなる恐怖を植えつける。

でも、これできっと大丈夫。

三浦くんがどんなにメッセージを送っても、あたしには届かず、既読マークはつかない。
そうすればきっと、三浦くんもあたしにブロックされたと悟るだろう。
大丈夫。あたしには翔がいる。
桜や好未っていう心強い友達もいる。
大丈夫。大丈夫。
自分に言い聞かせる。
——でも、この時のあたしはまだ知らなかった。
これが恐怖のはじまりでしかないことを……。

第二章

迫りくる恐怖

「正直に答えて？　莉乃、もしかして三浦と何かあった？」

放課後、あたしの席にやってきた翔は真剣な顔をしながら問いかけた。

唐突に翔の口から出た三浦くんの名前に、心臓がドクンッと震える。

「えっ……？　どうして？」

「白石《しらいし》に聞いた。今日、三浦と一緒に教室を出ていったって」

「好未に……？」

「あぁ。白石が『莉乃、三浦くんに告白されてるかもよ』って言ってたから気になってさ」

「あ……えっと……」

たしかに三浦くんには少し前に告白された。

だけど、今問題なのはそれじゃない。

もうこれ以上、一人でかかえ込むのは限界だった。

翔に三浦くんのことを隠しているのも気が引ける。

「翔……じつはね……あたし……」

あたしは意を決して、三浦くんのことを翔に打ち明けることにした。

スマホの液晶を割ってしまい弁償すると話したら、その代わりに暇な時にメッセージをしてくれと頼まれたこと。

それに応じてＩＤを交換したこと。

『好き』と言われたこと。

だけど、翔に誤解されたくなくて話せずにいたこと。

「あいつ……やっぱり莉乃のこと狙ってたのか……」

翔の表情にわずかな怒りを感じる。

三浦くんとメッセージのＩＤを交換してから届くようになった、送信者不明のメッセージ。

そのメッセージが、まるであたしのことを近くで見張っているような内容であったこと。

そのあとに届いた保健室にいるのがわかっているかのようなメッセージの内容から、三浦くんが送っていると確信を持ったことを話した。

「ブロックしてからメッセージは届いてない？」

「うん。それからは一度も……」

「あいつ……。絶対に許さない……！」

翔はグッと拳《こぶし》を握りしめたあと、あたしの体をギュッと抱きしめた。

「莉乃、なんでもっと早く言わないんだよ」

「ごめんね……。翔に心配かけちゃうと思って……」

「そんなこと気にするなよ……。俺は莉乃の彼氏なんだから。これからはなんでも隠さず真っ先に俺に話して？」

「うん……」

「もう絶対に隠し事するなよ？」

「わかった」

小さく頷くと、翔の腕に力がこもる。

「怖かったよな……。でも、もう大丈夫だから。俺が莉乃を守るから……」

翔の言葉が温かく胸の中に広がっていく。

「ありがとう……翔……」

翔の背中に腕を回すと、不安な気持ちがいくらか和らいだ。

それから、あたしは翔の助言で桜と好未にも三浦くんのことを話すことにした。

二人にも協力してもらい、三浦くんとの接触を少しでも減らすのが目的だった。

桜と好未は『嘘でしょ？』と目を見合わせて驚いていたけど、すぐに真剣な表情になってこう言ってくれた。

『大丈夫。あたしたちで莉乃を守るから』と。

心強いその言葉に、あたしは何度も二人にお礼を言った。

だけど、三浦くんとは隣のクラスということもあり、廊下や体育館で顔を合わせることも多かった。

そのたびに、三浦くんはなんとかしてあたしに声をかけようとしているように見えたけれど、桜と好未がそれを許さなかった。

『莉乃、行こっ！』

そう言って腕を引っ張られて三浦くんから逃げていくあたしの背中には、三浦くんからの痛い視線が突き刺さった。


三浦くんとの接触を避けてから一週間がたった。

もう大丈夫かもしれないと気持ちが緩んでいた時、なんの前触れもなく再びメッセージが届いた。

アイコンは初期設定のまま。そして名前は空欄。

あの時と同じだ……。

教壇の上でチョークを手に持って公式の説明をしている先生から視線を外し、画面をタップする。

ドクンドクンと血液が頭に逆流するような感覚。

指先が震えて、息が詰まる。

【絶対に逃がさない】

その文面に言いようもない恐怖が全身に湧き上がる。

まただ。また届いてしまった……。

再び届いたメッセージに戦慄《せんりつ》し、背筋が冷たくなる。

ダメだ。

まだ、三浦くんは諦《あきら》めていない。

そう悟ったあたしは、すぐに行動に出た。

「……鈴森。おい、鈴森……‼」

「は、はいっ‼」

「お前はさっきから下を向いて何をコソコソやってるんだ。次、スマホをいじったら没収するぞ‼」

「す、すみません……」

苦笑いを浮かべながら、ポケットの中にスマホをしまう。

再びブロックしたし、これでメッセージが届くことはないだろう。
ホッとしながら息を吐いた時、再びポケットの中のスマホが震えた。
今度はいったい……誰……？
画面には【ショートメールあり】の文字。
珍しくショートメールが送られてきたようだ。
誰だろう……？
不思議に思いながらも画面をタップすると、絶望的な文字が飛び込んできた。
【いくら逃げても、逃がさない。俺のものにするまでは】
まさか今度はショートメールを送ってきたっていうの……？
「ひっ……」
思わず声が漏れ、隣の席の男の子が不思議そうにこちらを見て首をかしげた。
ダメ……。
このままじゃ、ダメ。
ストーカーなんて、今まではテレビドラマや小説の世界だけの話かと思っていた。
だけど、いざ現実に自分がされる立場になると恐怖心が胸をつらぬく。
この恐怖は、うまく言葉にできない。
ただただ恐ろしかった。

目に見えない恐怖は徐々に……でも確実に、あたしの心の中をむしばんでいく。

ストーカーの知識なんてほとんどないあたしでも、これだけは知っている。

ストーカー行為は徐々にエスカレートしていく。

そして、そのストーカーの正体はだいたいが自分の知り合いで、しかも案外すぐそばにいる。

見ず知らずの人にストーカーされる確率は圧倒的に少ない……と。

メッセージの文面からして、相手は少しずつ感情をむき出しにしはじめた。

ブロックされたことがわかると、非通知のショートメールまで送りつけてきた。

あたしは授業が終わるとすぐに、翔と桜、好未に再びメッセージが届いたことを伝えた。

放課後、あたしたち四人は近くのファストフード店に集まり、今後の作戦を立てることにした。

「三浦くんってそういうことする人に見えなくない〜？　彼、女の子から人気あるじゃん。女に困ってるようには見えないし、一人の女に執着しなそうだけど」

ポテトを頰張《ほおば》りながら好未が首をかしげる。

「でも、ストーカーって意外な人物だったりするじゃない。そんなことやりそうじゃないって言われている人がじつは……みたいな」

　桜の言葉に好未が反論する。

「まぁ、そうだけど。ていうかさ、仮に三浦くんがストーカーだったとして、自分だってすぐにバレるようなことする？　メッセージにしろなんにしろ」

「三浦くんは莉乃に告ってるんだよ？　自分のことを少しでも気にしてほしいとか意識してほしいっていう目的でストーカー行為に及んでるとしたら、莉乃に自分だって気づいてほしいと思うでしょ？」

「んー、そういうもんかね？　あたしにはさっぱりわかりません～。もうお手上げでーす！」

「ちょっと、好未‼　アンタ、真剣に考えなさいよ！」

「ハァ⁉　真剣に考えてるから！　何その言い方！　桜の言い方ってホント頭くるんだけど！」

　桜と好未の恒例のケンカがはじまりそうだ……。

「……ケンカしてる場合じゃないだろ！」

　たまらずに翔が二人の間に割って入った。

「ストーカーが三浦なのは間違いない。でも、あまり刺激しないほうがいいと思う」

「うん！　翔くんの意見に賛成～‼　三浦くんって不良だし、友達も多いもんね～」

翔に視線を向け、うんうんと大きく頷いて同調する好未。

「でも、このままにしておいていいの？　もし莉乃に何かあってからじゃ遅くない？」

桜が不安げな表情を浮かべる。

「とりあえず、今できることをしよう。学校では莉乃が一人にならないように二人とも協力してくれ。莉乃も夜は一人で外出しないように。それから、部屋のカーテンは必ず閉めて」

「うん……。翔にも桜にも好未にも……迷惑ばっかりかけてごめんね……」

申し訳なくなって謝ると、桜があたしに優しくほほ笑んだ。

「大丈夫だよ、莉乃。翔くんも好未も……それからあたしもいるし。あたしはいつだって絶対に莉乃の味方だから」

「桜……っ……ありがとう……」

桜の言葉に思わず目頭が熱くなる。

「莉乃とは長い付き合いだもん！　それくらい当たり前だよ」

「本当にありがとう」

正面に座る桜の手を取ってお礼を言うと、桜はにっこりほほ笑んだ。

「おいおい、何か妬《や》けるなぁ。莉乃の彼氏は俺だからな？」

割り込むように言う翔。だけど、すぐに桜が口を開く。

「はいはい、わかってますよ。だけど、女の友情は時に愛を超えるんだよ。ねっ、莉乃？」

「うん‼」

「ったく、莉乃まで……」

桜とあたしのやりとりを聞いた翔が、いじけたように唇を尖《とが》らせる。

「翔くん、そんなガッカリした顔すると、男前が台無しだよ～？」

好未の言葉で笑いが起こり、和やかなムードになる。

翔に桜に好未……あたしには三人も心強い味方がいる。

そう思うと、気持ちが楽になった。

やっぱりみんなに相談してよかった。

三人と話している間だけは嫌なことを忘れられた。


「翔、送ってくれてありがとう」

「気にするなって。また何か変わったことがあったら、すぐに俺に言って？」

「うん」

あたしは家の前で、翔の背中が見えなくなるまで手を振り続けた。

いつものようにポストから手紙やチラシを取り、リビングのソファに腰かける。

するとと、リビングの奥から小型犬のマロンがきゃんきゃんとうれしそうに鳴きながら駆け寄ってきた。

残業の多い会社員のお父さんと、最近パートをはじめたお母さん。

学校が終わり家へ帰ると、人の気配のない家の中はシーンと静まり返り、どこか物悲しい気持ちになる。

『兄弟が欲しかったなぁ～。そうすれば、留守番も寂しくないのに』

そんなあたしのボヤキを聞いた母が、去年のあたしの誕生日にマロンをプレゼントしてくれた。

もともと動物好きな両親とあたしは、マロンを本当の家族のように思い、かわいがっていた。

「そろそろ美容院でも行こうかなぁ。ねぇ、どう思う？　マロン」

「クゥン」

持ってきた手紙やチラシに目を向けながらポツリと漏らすと、マロンがさもわかるかのように鼻を鳴らす。

「マロンはホントかわいいんだからっ！」

マロンの頭を撫でながらほほ笑んだ時、手紙の中に混じっていた赤い封筒に気がついた。

「何これ」

きっちりと封がされた赤い封筒には、差し出し人の名前も宛名《あてな》もない。

もしかしたら、両親のものかもしれない。

一瞬そんなことを考えたものの、思い直す。

おかしい。学校帰りは毎日ポストをチェックしていたけれど、こんな手紙が届いたことは一度もなかった。

まさか……。これも三浦くんが……？

ふと不安が頭をよぎり、急いで封を切る。

ごくりと唾を飲み込んでから封筒を覗き込み、あたしは震える指で中に入っていた便せんを掴んで引っ張り出した。

アイシテル。

アイシテル。

アイシテル。

アイシテル。

アイシテル。

『アイシテル』という赤文字が、便せんにビッシリと印刷されている。

「何これ……。なんなの……どうしてこんなことを……！」

唇がガクガクと震えて、呼吸が苦しくなる。

家にまでこんなものを送りつけてくるなんて。

常軌《じょうき》を逸《いっ》した相手の行動に、全身から血の気が引くのを感じる。

「何……？」

赤い封筒の奥に、かすかな膨らみがある。中にまだ何かが入っているようだ。

おそるおそる赤い封筒からその何かを引っ張り出すと、それはぽとりとフローリングの床の上に落ちた。固そうな白いもの。

落ちたものに目を凝らした瞬間、

「何……？　嘘でしょ……。い、いやぁぁあぁぁ――――‼」

あたしは封筒を投げ出して大声で悲鳴を上げた。

その拍子に、封筒に入っていた白いものがそこら中に散らばる。

あまりの恐怖に、ただブルブルと震えることしかできない。

動悸《どうき》が激しくなり、唇も恐怖で震える。

封筒に入っていたのは、人間の爪《つめ》だった。

どうしてこんなものが……。

アイシテルという文字、そして、爪。

こんなことをするなんて正気《しょうき》の沙汰《さた》じゃない。

「どうして⁉ どうしてこんなことするの……？」

あたしの悲鳴に驚いたマロンが、心配そうにあたしにすり寄る。

ギュッと目をつぶり恐怖に涙を零《こぼ》すあたしのそばで、マロンが「クゥン」と心配そうな声で鳴いた。

あたしは慌ててマロンを抱き上げて頭を撫でた。

「大丈夫。大丈夫だよ」

マロンを落ちつかせるつもりなのに、そう口にしていないとまた叫んでしまいそうだった。

少しずつ、でも確実に、あたしの心は恐怖にむしばまれていった。

「……雨……？」

いつ降り出したんだろう。

いつの間にか窓ガラスを大粒の雨が濡《ぬ》らしている。

あたしはしばらくの間、リビングから動けずにいた。

まるで廃人になったかのように体が重く、何かをする気力が起こらない。

床におりたマロンは心配そうにあたしのまわりをグルグルと回り、そばから離れようとしない。

「マロン……ありがとう……」

再びマロンの頭を撫でた時、スカートの中に入れておいたスマホが震えているのに気がついた。

翔……？

スマホを取り出して画面に目を向けたあたしは、ハッと息をのんだ。

そして、マロンをギュッと強く抱きしめた。

【非通知設定】

画面に表示されている文字に動揺する。

今日、メッセージを送ってきた相手に間違いない。

ブーッブーッと震え続けるスマホを見つめていると、背筋が寒くなった。

叫び出してしまいそうになるのをこらえて、必死で深呼吸を繰り返す。

早く切って。お願いだから、早く切って……‼

そんな願いもむなしく、スマホは不気味なバイブ音を刻み続ける。

部屋に響く雨音もさらに激しくなる。

「お願いだから……もうやめて‼」

ギュッとスマホを握りしめた時、その拍子に画面を指でタップしてしまった。

ハッとした時には、通話時間【０.０４】と表示されていた。

ブルブルと震える右手でスマホを耳に当てる。

左手で口元を押さえながら息を殺して耳を澄まし、電話の向こうにいる相手の様子をうかがった。

全神経を右耳に集中させる。

だけど、相手は何も言葉を発しようとはしない。

それが、恐怖心に拍車をかけた。

電話口から聞こえるのは雨の音。ザーッという雨音が鮮明に聞こえてくる。

相手は外で電話をかけているんだろうか……。

その時、電話口からバタンッという物音がした。

何……？　なんの音なの……？

さらに電話の向こうに意識を集中した時、

「こんにちは～。宅配便です‼」

リビングに威勢のいい声が届いた。

ソファから立ち上がり、リビングにあるカーテンをわずかに開けて外をうかがうと、隣の家に宅配業者がやってきたようだった。

ホッと胸を撫でおろして再び意識をスマホに集中させようとした時、ハッとした。

さっき電話口から聞こえた物音……。

もしそれが、宅配業者がトラックから降りた際にドアを閉めた音だったとしたら?

「嘘でしょ……まさか……そんな……!」

思わず声を漏らしてしまった。

ハッとして口元を手で押さえたものの、電話の向こうからはなんの反応もない。

受話音を上げてグッとスマホを耳に押しつけ、カーテンの隙間から宅配業者を見つめる。

『……サインかハンコお願い……す。……い。ありがとう……した』

雨の音に混ざるように宅配業者の声がする。

まさか……。そんなのありえない。きっとただの偶然だ。

あれ?

その時、ふとあることに気がついた。

慌ててテーブルの上にある赤い封筒を手に取って確認すると、それは現実のものとなった。

封筒には宛名も住所もない。ましてや、切手を貼《は》った形跡もない。

考えられることは一つだけ。

ストーカーはわざわざ家までやってきて、ポストにこの封筒を投函《とうかん》したんだ……‼

やっぱりそうだ。間違いない。

今、電話の相手はあたしの家のすぐそばにいる……‼

「……警察……。警察を呼ばなくちゃ……‼」

パニックになり叫ぶと、あたしはスマホの画面を乱暴にタップして電話を切った。

警察……一一〇番……。

頭ではわかっているのに、指先が震えてうまく操作できない。

「もう嫌‼　お願いだからちゃんと動いて！」

半泣きになりながら必死にスマホをタップしたその時、ピーンポーンと玄関のチャイムが鳴り響いた。

「だ、誰……？」

チャイムは玄関扉のすぐ横に設置されている。

まさか……家の前にいるっていうの……？

唇が震えて歯がガチガチと音を立てる。

警察を呼ばなくちゃっていうのが聞こえたから見に来たの……？

それとも他に目的があるの？

「やだっ、どうしよう……どうしたらいいの⁉」

身の危険がすぐそばまで迫っている状況に頭が働かない。

とりあえず落ちつかないと！　大丈夫。玄関にはカギがかかっているし、侵入を防ぐことができるはず。

「カギ……？」

《……ピンポーン》

再びチャイムが鳴った。

恐怖が絶頂を迎えたその時、ある最悪な出来事が頭に浮かんだ。

あれ……？

あたし……帰ってきてから玄関のカギ閉めたっけ？

『莉乃、また玄関のカギが開いてたわよ。危ないから気をつけなさいよ』

数日前、お母さんに言われた言葉を思い出して、転がるようにリビングから飛び出す。

「嘘……やだっ……‼」

躊躇《ちゅうちょ》することなく、靴下のまま玄関のドアの前までやってきて青ざめる。

やっぱりカギは閉まっていなかった。

「やだやだやだやだやだ‼」

手を伸ばし勢いよくカギを閉めた途端、

《ドンドンドン‼》

誰かが激しい音を立てて玄関扉を叩きはじめた。

「やめてよ……」

扉を叩く音が激しさを増す。
「あたしが何をしたって言うの……？　お願いだからもうやめて……!!」
耳を塞《ふさ》いで叫んでも、相手はドアを叩くのを一向にやめようとはしない。
鼓動が速くなる。
息をうまく吸えず、喉《のど》の奥がカラカラに乾く。
《ピーンポーン》
再び鳴るチャイム。
やめて。もうやめてよ。
チャイムの呼び鈴とドアを叩く音に耐えられず、両手で耳を塞ぐ。
「……の。莉乃……!!」
その時、かすかにあたしの名前を呼ぶ声がした。
やめて。やめて。やめて。やめて。
何度も頭の中で繰り返す。
「やめて!!　三浦くん、お願いだからもうやめて!!」
大声でそう叫んだ時、カチャッという音と同時に玄関の扉が開いた。
とうとう三浦くんが入ってきた……!!
どうして？　どうして玄関のカギを開けることができたの？

ねぇ、どうして⁉

「いやあぁぁあっぁ‼　もうやめてぇぇぇぇ‼」

もう終わりだ。

恐怖と絶望からおでこには脂汗が浮かび、呼吸が定まらない。

涙が溢れ、視界が滲《にじ》む。

半狂乱になりながら頭をかかえると、髪の毛が何本か抜けてしまった。

でも、痛みすら感じない。

それほどまでの恐怖だった。

「来ないでぇぇぇぇ‼」

玄関先で顔を玄関マットに押しつけ、背中を丸めて声の限り叫ぶ。

「……莉乃、アンタこんなとこにうずくまって何やってるのよ」

すると、頭上から聞き覚えのある声が降ってきた。

「え……？」

あたしは涙と鼻水でぐちゃぐちゃになった顔を、おそるおそる持ち上げた。

「……おかあ……さん……？　お、お母さぁぁぁん‼」

「ちょっと、莉乃⁉　アンタ、いったいどうしたのよ‼」

大声を上げて足にしがみつくあたしに、お母さんは素《す》っ頓狂《とんきょう》な声を上げる。

お母さんは、泣きじゃくるあたしの背中を優しくさすると、

「……もうダメ。これ以上、我慢できない‼　ちょっと待ってて‼」

持っていたカバンを玄関先に放り出してトイレへ駆け込んだ。


「それで、どうして玄関先に座り込んで泣いてたのよ」

ソファに座るあたしにホットココアを差し出して、不思議そうに尋ねるお母さん。

あたしは、いまだに震えの収まらない右手でココアを受け取った。

「チャイムを連続で鳴らされて……玄関のドアを叩かれて……すごく怖かったの。誰かが家に入ってくるような気がして……」

三浦くんのことをすべてお母さんに話すのはためらわれた。

赤い封筒は、お母さんがココアを用意してくれている間にこっそり隠した。

散らばっていた爪は、何重にも重ねたティッシュで拾い集めて封筒に戻しておいた。

親に同級生にストーカーされていると話せば、大事《おおごと》になってしまうかもしれない。

それに、もう家まで知られている。

騒ぎ立てて相手を刺激すれば、これ以上のことをしてこないとも限らない。

あたしが詳しいことはにごしながらも今起こった現実を口にすると、お母さんはふふっと笑った。

「誰かが入ってくる？　昨日ホラー映画でも見たの？　それに、お母さんチャイムを鳴らしてドアを叩いている間も莉乃の名前を呼んだのよ？」

たしかに、名前を呼ばれていたのには気づいていた。

だけど、その声の主がお母さんであることを確認することができないくらい混乱していた。

「ていうかさ、カギ持ってるなら最初からカギを使って入ってきてよ。そうすれば、こんな怖い思いしなくてすんだのに」

「だって、トイレに行きたかったんだもの。カギはバッグの底にあるし、探すより莉乃にカギを開けてもらうほうが早いと思って」

「ふぅん……。でも、あたしが学校から帰ってなかったらどうするつもりだったの？」

「え？　それはないわ。だって、お母さんが家につく数秒前に、うちの玄関から誰かが出てきたから」

「え？」

誰かが……うちの玄関から出てきた……？

何それ……。嘘でしょ……？

「莉乃ってば、友達とケンカでもしたの？　だから玄関先でワーワー泣いてたんでしょ？」

やっぱりいたんだ。壁一枚隔てた場所に、三浦くんは立っていたんだ。

そして、あたしに電話をかけてきた。

一歩カギをかけるのが遅かったら……。

もしも、お母さんが帰ってこなかったとしたら……。

いったいどうするつもりだったんだろう。

全身に鳥肌が立ち、寒気がする。

「玄関から出てきたのって……どういう人だった？」

「どういうって言われると難しいわ。お母さんが見たのは後ろ姿だし」

「ねぇ、それって男の子？　女の子？」

「変なこと聞くわね。莉乃の友達でしょ？」

「いいから。お願い!!　早く教えて！」

鬼気迫る様子のあたしに、お母さんはしぶしぶ答えた。

「背の高い男の子。ねぇ、彼って莉乃の彼氏なの？」

ニヤケた顔で尋ねてくるお母さんの顔が、ぐにゃりと歪む。

激しい頭痛がする。

ストーカーの正体は、一〇〇パーセント三浦くんで間違いない。

彼の望みは、あたしを手に入れること。

校内でも目立つ存在で、いつも派手なグループの真ん中にいる彼。

女の子からも人気があるし、女の子に困るタイプではない。

だけど、この執着心は異常だ。

彼に家を教えた覚えも電話番号を教えた覚えもないのに、彼は家までやってきて無言電話をかけてきた。

どうやって、あたしの電話番号を知ることができたんだろう。

住所だって、どうやって知ったの……？

もしかして、学校帰りにあとをつけられた……？

あらぬ妄想ばかりが頭の中に広がり、おかしくなりそうだった。

「ねぇ、あの子って莉乃の彼氏なんでしょ？　傘も差さずに走っていったから、きっとびしょ濡れよ～？　傘くらい貸してあげなさいよ」

「違う……」

「え？」

「彼氏なんかじゃない……‼」

大声で叫ぶと、お母さんは目をぱちくりとさせて驚いていた。

あたしは冷めてしまったココアをテーブルに置くと、階段を駆け上がった。

狂気

あの日から、ストーカー行為は常軌を逸するようになった。

【留守番電話20件】

朝、スマホを確認すると留守番電話が二十件も入っていた。

どれも終始無言だ。

ショートメールは十件。

【電話にでろ！　電話にでろ！　電話にでろ！　電話にでろ！　電話にでろ！　電話にでろ！　電話にでろ！】

【会いたい会いたい会いたい会いたい会いたい会いたい会いたい会いたい】

【アイシテルアイシテルアイシテルアイシテルアイシテル】

【繋がりたい繋がりたい繋がりたい繋がりたい繋がりたい】

目を背けたくなるような卑猥《ひわい》な内容のメッセージが届いていたこともあった。

あたしとの性行為の様子を妄想したかのような内容が、事細かに書かれていることもあった。

そのすべてが、おぞましく忌々《いまいま》しい。

本当は非通知着信も拒否したかったけれど、それをすることははばかられた。

メッセージをブロックしたことで、ストーカー行為がひどくなってしまったのは間違いない。

拒否したことでストーカー行為を助長させてしまったようだ。

この状況は耐えがたいけれど、ここでまた彼を突き放せば、さらに恐ろしいことが起こりそうな予感がした。

「うげぇぇえ、何これ。超ヤバくない？」

あたしのスマホを手にした好未が顔を歪ませる。

「マジキモい～‼　爪まで送りつけてくるとか、尋常じゃないし」

「……あぁ」

好未の言葉に翔が大きく頷く。

そして、翔はそっと視線を下げ、みんなの手元を見つめた。

「この中にストーカーはいないな」

たしかに翔の言うとおり、翔も好未も桜も……三人の爪が切られた形跡はない。

好未にいたっては、派手なネイルがほどこされていた。

「ていうか、そもそもあたしたちの中にストーカーがいるわけないじゃん～‼」

好未は、あははっと笑う。

「好未、こんな時に笑うなんて不謹慎なことやめなさいよ。ねぇ、翔くんどうする？　ストーカー行為が徐々にエスカレートしてきてるわ」

桜の問いかけに、翔は目の縁を赤くして怒りをあらわにした。

「もう無理だ。莉乃がこんなに苦しめられてるっていうのに我慢できない。しかも、相手がわかってるならなおさらだ」

「三浦くんに直接言うの？」

「あぁ。俺が直接言ってくる」

「翔くん、ちょっと落ちついてよ。三浦くんに直接注意して問題が解決すると思う？」

「どういう意味？」

桜の言葉に翔が怪訝《けげん》そうに問いかける。

「三浦くんのことヘタに刺激して、もし莉乃に何かあったらどうするの？　あたしだって好未だって翔くんだって、莉乃と二十四時間ずっと一緒にいることはできないんだよ？」

「じゃあ、このまま黙って三浦のやってることを見すごせってこと？」

「違うよ。そうじゃない！　ただあたしは……」

「市川《いちかわ》には悪いけど、俺はもう我慢できないよ。あいつに言ってやらないと気がすまない」

翔はあたしの頭をポンッと叩くと、「大丈夫だから」と安心させるように言って、ほほ笑みながら教室から出ていく。

「あっ、翔くん待って。あたしも一緒に行くよ‼　じゃ、莉乃と桜はここで待っててね？　あたしたちがなんとかするから〜」

なぜか慌てて立ち上がると、好未も翔のあとを追いかけて駆け出す。

あれ……？

心なしか楽しそうな好未に妙な違和感を覚える。

「ちょっと‼　なんで好未がついていくのよ‼」

桜の声は確実に好未の耳に届いているはず。

だけど、好未はその声を無視して鼻歌交じりに教室を飛び出した。


「ハァ……」

教室に残されたあたしと桜。

桜は盛大なため息のあと、言いづらそうに切り出した。

「あのね、ずっと黙っていようと思ってたんだけど……」

桜の顔に影が落ちる。

きっといい話じゃない。

そう瞬時に悟った。

「好未、結構前から翔くんのこと狙ってるよ」

苦しそうに告げてきた桜。

「好未が……翔のことを……？」

「うん。好未ってさ、前から翔くんのこと聞きたがってたでしょ？」

「……うん……」

たしかに好未は、なぜか翔のことを聞きたがった。

あたしと翔がどこまで進んだかとか、翔はどんな女の子が好きなのかとか。

どんな食べ物が好きで、どんな食べ物が嫌いか。

趣味は何か、休みの日は何をして過ごすのか。

私服の系統はどんな感じなのか。

どんな手の繋ぎ方をするのか、どんなキスをするのか、どんなエッチをするのか、
どんな甘い言葉を囁くのか……。

たしかに好未は、翔に関するあらゆることを聞きたがった。

そして、あたしはその質問にバカ正直に答えていた。

あたしと翔についていろいろと聞いてくるのは、

『あたしって恋愛体質なの』

と言いきる好未の暇つぶしだと思っていたから。

ただそれだけのことだと思っていたから……。

「ホント最低だよ。好未ってば、莉乃がストーカーされてることに便乗して翔くんと近づこうとしてるんだよ」

吐き捨てるように言う桜の様子に不安が首をもたげる。

「まさか……」

「そのまさかなの。莉乃は好未の表の顔しか見てないからわからないんだよ。あの子には裏の顔があるんだから」

「裏の顔……？」

「そう。あの子、中学の時、女子みんなからハブられてたんだって」

「そんな……。どうして？」

「親友の彼氏、寝取ったんだって。しかも、三股してたって。好未と同じ中学の子がたまたま同じ予備校にいてさ。その子がいろいろ教えてくれた」

「寝取った……？　三股……」

とても信じられない。

明るくて活発で、思ったことをすぐ口にするせいでちょっとしたトラブルはあちこちで起こす子だけど、あたしは好未が好きだった。

「それ、本当なの……？　まさか好未がそんなこと……」

「莉乃は純粋すぎるんだよ。相手を信じすぎて、人を疑わなさすぎるの。好未ってばさっきだって、翔くんのあとを追いかけて教室から出ていったでしょ？　あたしが呼び止める声を無視して」

「それは……」

「正直に言うとさ、今回のストーカー事件の犯人だって三浦くんとは限らないと思う。みんな三浦くんがストーカーだっていう前提で考えてるみたいだけど」

「え……？」

桜の言葉に耳を疑う。

「メッセージと電話なら、女にだってできるでしょ？」

「だけど、この間うちに来たのは好未じゃないよ。お母さんがうちから出ていく背の高い男の子を見たって言ってたから」

「もしも、好未が知り合いの男に莉乃の家に行くよう仕向けていたとしたらどう？　莉乃のお母さん、その男の子の顔は見たの？」

「見てない……」

首を横に振ると、桜はハァと二度目のため息をついた。

「ほらね。ストーカーが三浦くんだって、決めつけてかからないほうがいいかもしれないよ」

「そんな……。好未を疑うなんて嫌だよ……。だって好未は友達だよ？　桜だってそうでしょ？」

「莉乃……そんな顔しないでよ。あたしだって莉乃を困らせたくて言ってるわけじゃないんだから。あたしは莉乃のためを思って言ってるの」

「そうだよね、ごめん。だけど……」

あたしはそこまで言うと唇をきゅっと噛《か》んだ。

どうしよう……。

あたしはいったいどうすればいいの……？

好未が翔のことを好きだったなんて、まったく気づかなかった。

気づいていたとしても、あたしに何ができたわけでもないだろう。

誰かを好きになる気持ちは止められないとわかっているから。

もちろん、好未を非難する気もない。

だけど、あたしも翔が好きだ。

今回の一件で、翔への想いもいっそう強まった。

いくら好未が翔のことを好きになったとしても、あたしは好未に翔を譲ることはできない。

「大丈夫だよ、莉乃。あたしがついてるから」

桜はそう言うと、いつの間にか小刻みに震えていたあたしの手をギュッと握ってくれた。

温かい桜の手のひらに包まれていると、心がホッとする。

桜がいてくれて本当によかった……。

「ねぇ、莉乃。覚えてる？　二年前……、今とは逆に莉乃があたしの手を握ってくれたんだよね？」

「あたしが……？」

「うん。二年前、孤立してたあたしに莉乃は手を差し伸べてくれたでしょ？」

桜の言葉に、ふと二年前……中三のころの出来事がよみがえった。


中三の春。

あたしと桜は、クラス替えで初めて同じクラスになった。

学級委員で勉強ができて、不真面目なことが大っ嫌いだった桜。

ことあるごとにクラスメイトを注意した結果、桜がクラスから孤立するのに時間はかからなかった。

『市川桜ってマジウザい』

『ガリ勉くそ女』

『もう少し見た目に気をつかえよ〜。何あの髪の毛。貞子かよ』

『市川桜のまわりの空気って、なんでいつもあんなにどんよりしてんの〜？　超湿っぽいよね〜』

『目がヤバいよ。目が。キレたらヤバそうな目〜』

桜がクラスから孤立していたのは今にはじまったことではないと、他の友達が言っていた。

入学してからずっと、桜には特定の友達がいなかったらしい。

だけど、桜はみんなから悪く言われても落ち込むことはなかった。

それどころか、その悪口を原動力にクラスでの活動にさらに情熱を燃やし、みんなに煙たがられた。

だけど、あたしは知っていた。桜は人に厳しいだけではなく、自分にはもっと厳しいことを。

桜が誰よりも早く学校へやってきて、教室で飼っているカメにエサをあげて、水槽の掃除をしていることを。

みんなが嫌がってしない掃除を率先して行っていること。授業の終わりに黒板をきれいにしてくれていること。

クラス全員分のノートを細い腕で必死に抱きかかえて、職員室から教室に運んでくれていること。

自分がその係でなくても、気がついたことは桜がなんでも引き受けてくれていた。

桜が頑張ってくれたから、あたしたちはなんの不自由もない学校生活を送っていられた。

桜が流行性の病にかかり一週間ほど休んだ時、教室中は異臭に包まれていた。

まだ夏前だというのに、夏を思わせるような陽気が続いたせいで、カメの水槽にはコケが生え、腐りかけたエサからは異臭が漂っていた。

『くっせー、誰かカメの掃除しろよ』

『嫌だよ。めんどくさいし』

『市川が休むからこんなことになったんだよな～。俺、絶対やりたくないし』

みんな一様に掃除するのを嫌がり、押しつけ合いがはじまった。

『あたしがやる！』

この日、あたしは初めてカメの水槽の掃除をかってでた。

カメを別の場所に移してから水槽の掃除を行う。

手袋をつけていても、ぬるぬるとした指ざわりはとても気持ちの悪いものだった。

マスクをしていても食べ物が腐ったようなすえた独特なニオイが鼻に届き、何度も込み上げてくるものを飲み込む。

正直、カメの水槽の掃除は思った以上に大変だった。

もう二度とやりたくないとすら思った。

この大変な掃除を、桜は誰にも文句を言わずにいつも一人でやっていたのだ。

「偉いなぁ……。市川さん」

桜に対しての見方が変わった瞬間だった。

桜が回復して登校するようになると、教室で異臭騒ぎが起こることはなかった。

教室中がホコリまみれになることも、職員室まで誰がノートを取りに行くかで揉めることもなくなった。

それから少しして忘れ物を取りに教室に戻ると、そこには一人ぼんやりとカメの水槽を眺めている桜がいた。

『あっ、市川さん……まだ帰らないの？』

その当時、桜とはあまりしゃべったことがなかった。

桜の隣に移動して水槽に目をやると、そこにいるべきはずのカメの姿がなかった。

『あれ……？　カメは……？』

『覗いたらぐったりしてたの。だから、生物の先生のところに連れていった』

能面のように表情のない顔。

落ち込んだ声で淡々と言った。

『嘘……。この間まではすごく元気だったのに……』

『あたしが……ずっと休んでたから……。だからだ……。あたしのせいで病気になっちゃった……!』

桜はそう言うと、ぷつりと何かが切れてしまったのか、すべての感情を吐き出すように声を上げて泣き出した。

『市川さん……』

桜が泣いているのを見るのは初めてだった。

どんな時でも顔色一つ変えなかった桜。

目の前で悪口を言われてもまったく動じなかった桜が見せた涙に、ギュッと胸が締めつけられた。

どうして今まで気づいてあげられなかったんだろう。

悪口を言われて動じない人なんていない。

気にしない人なんていない。

桜だって本当は辛かったんだ。悲しかったんだ。苦しかったんだ。

だけど、ずっと我慢していたんだ。

『カメってね、汚い水を飲むと脱水症状になっちゃうんだって。きっとそれで……。あたしが掃除してあげなかったから……』

『市川さん……、ごめんね。あたしも手伝えばよかったね。本当にごめん……』

あたしは震える桜の手をギュッと両手で握りしめた。

自分のことばかり責めないで。

『大丈夫。大丈夫だから……』

どんな言葉で励ませばいいのかわからずそう繰り返すあたしに、桜はほほ笑んだ。

目を潤ませてほほ笑む桜に胸を打たれる。

『鈴森さん……ありがとう……』

桜はすがるようにして泣き続けた。

あたしはただ黙って桜の背中をさすり続けた。

それからすぐ、カメは脱水症状から回復して再び教室に戻ってきたのだった……。

「ふふっ。言われてみれば、そんなこともあったね」

懐かしさが込み上げてふっとほほ笑むと、桜も同じようにほほ笑んだ。

あの出来事をきっかけに、あたしは桜と関わることが多くなった。

『あたし、桜と同じ高校目指そうかな～』

受験の時、何気なくそんな話をした。

もちろん桜は応援してくれたし、わからない問題があると根気強く教えてくれた。

こうやって今一緒に同じ高校に通えているのも、桜の力が大きい。

塾の先生よりも桜の教え方のほうがうまかったとすら思える。

同じ高校を受験するライバルの立場になっても、桜のあたしへの態度は一ミリも変わらなかった。

『よかったらこれ使って』

それどころか桜が長い時間かけて作った受験対策用のノートのコピーを取り、それをまとめてあたしに渡してくれた。

その気持ちが本当にうれしかった。

『二人で絶対に合格しようね』

そう約束をした瞬間、桜との間に、目には見えないたしかな絆が生まれた気がした。

当時、仲よくしていた友達には『市川桜としゃべってて楽しい？』と呆れられたこともある。

もちろん答えは「ＹＥＳ」だ。

桜は何事にも一生懸命で筋が通っている。

こうと決めたら絶対に最後までブレずにやり抜く。

みんなは桜のことを『口うるさい』と言って嫌っていたけれど、あたしは桜が大好きだ。

高校入学後、中学の友達と会うとみんな口々に桜の悪口を言った。

『あいつと仲よくするとか、莉乃も落ちたね』

嫌な笑いを浮かべながらそう言った友達とは、あの日以来会っていない。

誰がなんて言おうと、桜はあたしのかけがえのない親友だ。

誰よりも一番信頼できる人。

これから先も、その気持ちは絶対にブレない。

「あたし、莉乃には感謝してもしきれない。莉乃があたしに手を差し伸べてくれなかったら、きっと今でも友達なんてできずにずっと一人ぼっちだったから」

「そんなことないよ」

「そんなことあるんだって。莉乃はあたしの恩人。だから、莉乃が困ったりしたら絶対に助けるから。あたしが絶対に」

「桜……ありがとうね……。心強いよ」

「だから、心配しないで」

桜はあたしの両手をギュッと握りしめながら大きく頷く。

好未が翔を狙っているかもしれないと聞いて、正直動揺した。

だけど、あたしには桜という強い味方がいる。

そう思うと、ほんの少しだけ心が軽くなった。


「つーかマジ、話になんないし～‼」

教室に戻ってくるなり、好未は唇を尖らせた。

あとから来た翔も、どこか浮かない表情をしている。

あたしたちは一つの机を囲むように輪になってイスに座った。

「それで、三浦くん何か言ってた？」

桜が尋ねると、翔はうなだれるように首を横に振った。

「いや、自分がストーカーだってことをまったく認めようとしない。それどころか、今知ったみたいな態度だった」

翔の表情は暗く、落胆しているようだった。

「ありえないよね～‼　翔くんがストーカーのことを問いただしたら逆ギレしてたもんね？」

「逆ギレって何？」

「俺はしてないって言い張ってさ。しかも、莉乃のことをストーカーしてるっていう証拠はあるのかって怒ってんの」

好未は悔しそうにギリギリと奥歯を鳴らす。

「しかもしかも、開き直って『鈴森のストーカーは俺じゃない。俺のこと疑ってんなら他に目を向けろよ』とか言っててさ〜」

「それで？」

「そのあと、三浦くんのまわりにいる不良たちが騒ぎに気づいて集まってきたから、あたしも翔くんも身の危険を感じて教室に戻ってきたの。ねっ。翔くん？」

「あ、あぁ……まぁそんなところ」

勢いよく教室から出ていったはずの翔は、まだ浮かない表情をしている。

「翔、だいじょう……」

「翔くん、大丈夫⁉ 顔色悪いけど、具合でも悪い？」

元気のない翔の様子が気になって翔に手を伸ばそうとした時、さっと好未の腕が目の前を横切った。

「ん〜、熱はないかな？ 保健室でも行く？ あたしついていくよ〜」

好未は翔のおでこに手を当てて心配そうに顔を覗き込む。

あたしは出しかけた手をスッと引っ込めた。

「……ちょっと、好未!!」

桜が声を上げたと同時に、翔が好未の手から逃れるように立ち上がった。

「ごめん、ちょっと保健室に行ってくる」

「翔……顔色が悪いけど、大丈夫……?」

そう問いかけると、翔はわずかな笑みを浮かべてあたしの頭をポンポンッと叩いた。

「心配しなくても大丈夫。俺がなんとかする。絶対に莉乃を守るから」

「翔……。あたしも保健室に……」

「翔くん、行こう!! 莉乃は三浦くんと会うとまずいでしょ? あたしが翔くんを保健室まで連れていくから!! じゃあね~」

好未はまくしたてるように言って私の言葉を遮ると、翔の腕に自分の腕を絡ませて教室から出ていった。

「……残酷なことを言うようだけど、やっぱり好未は翔くんのこと……」

「嫌だなぁ……」

二人が連れ立って教室から出ていく姿を見送ったあたしの胸には、ある感情が込み上げていた。

「莉乃……?」

「あたし、すっごい嫌な女になってる……」

心の中に、どろりとした黒い感情が溢れる。

翔を取られたくないという思いが強くなり、翔に腕を絡ませて歩く好未にひどく嫉《しっ》妬《と》してしまう。

翔を保健室に連れていくという名目なら、腕を組む必要がある？

ねぇ、好未。

どうしてなの……？

どうして翔なの……？

どうして……。

どうして心の中に、その想いを秘めておいてくれないの？

友達の彼氏を好きになるって、きっとよくある話だ。

翔は魅力的だし、好未が好きになる気持ちも理解できる。

好きにならないで……とは言わないよ。

誰かを好きになるのは理屈じゃないから。

だけど、どうして今なの……？

どうしてこんなに急に、翔への想いを露骨《ろこつ》に態度に示しはじめたの？

どうして、あたしがストーカー被害に遭いはじめてからなの？

あたしの弱みにつけ込もうとしている……？

どうして、どうして、どうして、どうして。

どうしてなの……？

「桜、ごめん」

いてもたってもいられなくなり、バンッと両手で机を叩いて勢いよく立ち上がると、教室の出入り口に向かって駆け出す。

「ちょっと、莉乃⁉」

背中に、あたしを呼び止める桜の声がぶつかる。

それを無視して教室を飛び出すと、翔と好未のあとを追いかける。

二人を呼び止めてどうするかなんて何も考えていなかった。

でも、このまま翔と好未を二人っきりにさせるのがたまらなく嫌だった。

嫌で嫌で仕方がなかった。

今までは好未と翔が二人っきりでいたとしても、なんとも思わなかったのに。

彼氏と友達が二人っきりでいたとしても、なんの疑いも持たなかったから。

好未を……信用していたから。

友達だと思っていたから……。

廊下にいる人波をかき分けるように翔と好未の姿を探す。

どこにいるの……。

どこに、どこに、どこに、どこに。

二人っきりで何をしようとしているの。

ねぇ、好未。

まさか……本気で翔をあたしから奪おうと考えてるの？

もしそうだとしたら……。

あたし……。

「……おい！」

その時、突然腕を掴まれて、あたしの体は自由を失った。

見覚えのあるその顔に、体中の力が一気に抜ける。

「……っ‼」

恐怖が瞬く間に、あたしから抵抗する気力を奪った。

「お前、なんて顔してんだよ」

「……あっ……あっ……」

息が詰まる。

叫んで助けを呼びたいのに、喉の奥に何かが詰まったかのように声にならない。

目を見開いて口をパクパクと開けるあたしを、三浦くんは呆れたように見つめた。

ずっとずっと避け続けていたのに、こんなタイミングで会ってしまうなんて。

三浦くんの顔を見た途端、今までの恐怖がフラッシュバックする。

爪の入った赤い封筒を送りつけてきたり、無言電話をかけてきたり、ショートメールやメッセージを送ってきたり。

そのストーカー行為のすべてを、あたしの目の前にいる彼がしていたとしたら……。

ううん、違う。彼がやっていたんだ。

そうだ。彼以外には考えられない。

「……けて……。誰か……助けて……」

叫ぶこともできないくらい驚き、恐怖を感じていた。

小声でそう口にするのが精一杯だ。

誰か。お願い……。

あたしを助けて……!!

「お願い、助けて……!」

その言葉を聞くなり三浦くんはまわりに視線を走らせ、人差し指を口に当てた。

「しっ。静かにしろ。いいか、黙ってついてこい。叫んだらどうなるかわかってるな?」

「……はっ……はいっ……」

心臓がドクンと鳴る。

頭の中には警報を知らせるサイレンが鳴り響き、圧倒的な恐怖に目頭が熱くなる。

もうダメかもしれない。

もう彼からは逃れられない。

彼はずっとついてくる。あたしを追いかけてくる。

ガクガクと足を震わせるあたしの腕を掴んだまま、三浦くんはあたしの体を普段は使われていない教材室に押し込んだ。

「ここに座れ。叫んだり逃げたりすんなよ？　いいか？　俺の言うことを最後まで聞いてくれ」

「……うぅ……っ……」

教材室は薄暗く、部屋中がホコリっぽく湿っぽい。

三浦くんは教材室の隅にあたしを座らせると、その前に腰をおろした。

「どうして……どうしてこんなことをするの……？」

涙がボロボロと零れて視界がぼんやりと滲む。

「あたし、三浦くんに何かしたかな……？　どうして……どうしてこんな……」

「泣くな。俺だってお前を泣かせたくなんてない」

三浦くんが、あたしの目の下の涙をぬぐう。

「……やめて」

あたしは反射的に三浦くんの手を払いのけた。

「……っ」

三浦くんはクシャクシャと髪をいじると、鋭い視線をあたしに向ける。

「頼むから早く泣きやめ。お前が落ちついてからじゃないと話もろくにできない」

「うっ……誰か……誰か助け……!!」

叫び声を上げて助けを呼ぼうとすると、三浦くんはあたしの口を大きな手のひらで塞ぐ。

「いいから黙って俺の言うことを聞け!! いいか?」

服従しているかのように大きく頷きながらも、制服のポケットに手を入れてスマホを探す。

だけど、いくらまさぐってもスマホが見つからない。

どうして……。どうしてないの!

心の中で大声で叫ぶ。

その時、ようやく気づいた。

慌てて翔と好未を追いかけてきたせいで、机の上にスマホを置き忘れたことを。

いつもは肌身離さず持ち歩いているのに、こんな時に限って……。

もう、三浦くんに従うしかない……。

口を押さえつけられて、三浦くんと向かい合う格好のあたし。

三浦くんはいったい、あたしに何を話そうとしているの……？

《キーンコーンカーンコーン》

授業のはじまりを告げるチャイムがあたりに響き渡る。

もう誰も助けに来てはくれない。

あたしがゴクリと唾を飲み込むと同時に、三浦くんが口を開いた。

「いいか？　ストーカーは俺じゃない」

まっすぐあたしの目を見て、はっきりとした口調で言う三浦くん。

「たしかに俺はお前のことが好きだ。でも、ストーカーなんて卑怯《ひきょう》な真似はしない」

三浦くんは絞り出すように言うと、あたしの口からそっと手を離した。

「さっき、お前の彼氏と友達が教室に来た。その時、ストーカーの話をされて初めて知った。お前がストーカーされてるって」

三浦くんがなぜ、あたしの口から手を離したのかはわからない。

だけど、彼は今すぐにあたしを傷つけるつもりはなさそうだ。

もし目的があるなら、すぐにでも実行に移せたはず。

でも、彼はあえてそうしなかった。

あたしは恐怖で震える手をそっと握り合わせて、三浦くんの話に耳を傾けた。

「お前の彼氏も友達も、俺のことをストーカーだって決めつけて話してた。たぶんその様子だと、鈴森も俺がストーカーだって思ってたんだろ？」

「そ、それは……」

思わず目を泳がせてく口ごもると、彼は苦笑いした。

「隠さなくてもそんな気はしてた。ずっと避けられてたし、何かあったんだろうなと思ってたから。メッセージもブロックされてて連絡もとれないし。だから、仕方なく強硬手段に出た」

「……っ」

「あいつら、俺がわざと自分のスマホの液晶を割って鈴森に近づこうとしたとかなんとか言ってたけど、俺はそんな卑怯なことしねぇよ」

あたしから一切、目をそらさない三浦くん。

自分がストーカーではないと必死に訴えているように見える。

「俺は好きな女にそんなことしない。怖がらせたり、傷つけたりもしない。信じてもらえないかもしれないけど、俺はそんなこと絶対にしないから」

三浦くんからそっと目をそらす。

頭の中が混乱して胸の中がザワザワと音を立てる。

いったい何が真実で、何が嘘なのかわからない。

誰が嘘をついていて、誰が真実を言っているのかもわからない。

誰が味方で誰が敵かもわからない。

「つーか、お前の仲のいい友達……」

「……好未のこと？　白石好未……」

「白石か。一つだけ忠告しておく。白石とは深く関わらないほうがいい」

「好未と……？」

「あぁ。それと、お前の彼氏の五十嵐翔だけど……お前、あいつのことよく知ってて付き合ってんのか？」

「え？」

三浦くんの言葉に首をかしげる。

「どうしてそんなこと聞くの……？」

「あいつ、このあたりの中学出身じゃないだろ？」

「そうだけど……」

「あいつと同じ中学の奴、同じ学年にいないだろ？」

たしかに三浦くんの言うとおり、翔と同じ中学出身の生徒はいない。

でも、翔と同じように同じ中学校出身の同級生がいない生徒だって少なくない。

いったいそれがなんだっていうの……？

「鈴森が気をつけるべき相手は俺じゃない」

「じゃあ、ストーカーは好未か翔だっていうの……？」

「まだ確信があるわけじゃない。ただ、俺が言えることは……」

「……やめて」

三浦くんの言葉を遮る。

「お願いだからやめて」

絞り出すように言葉を発すると、唇が震えた。

「そんなはずないよ……。まさか……そんなはずない……」

そんなはずない。

そう口にして、必死に自分自身に言い聞かせる。

三浦くんは、あたしに嘘をついている。

今までだって、なんの疑いも持たずに三浦くんがストーカーだと思ってたじゃない。

みんな、三浦くんがストーカーだと言ってたじゃない。

ダメ。彼の言葉に惑わされて騙されちゃダメ。

今は三浦くんの話を一方的に聞いているから、その話を信じそうになっているだけ。

例えば彼が何か矛盾したことを言っていたとしても、混乱している今の頭ではうまく考えられるはずもない。

「鈴森、落ちつけって‼　さっき廊下を歩いてる時もひどい顔してた。本当は何かあったんだろ？」

「ないよ。何もない」

嘘だ。翔か好未がストーカー……？

そんなはずないよ。

「何もないはずないだろ。おい、落ちつけよ！」

自然と荒くなる呼吸。

嘘。嘘。嘘。嘘。嘘。嘘。

三浦くんが嘘をついてる。

頭が混乱して目の前が白くかすむ。

「ない。本当に何もないの」

三浦くんが、うつむいて震えるあたしの肩に手を置く。

あたしはその手を振り払うことさえできないくらい、うろたえていた。

立て続けに起こる出来事に頭が追いついていかない。

だけど、今までの話すべてに三浦くんが嘘をついていたとは思えない。

今までなんの疑いもなく、三浦くんをストーカーだと決めつけていた。

それに翔と桜と好未が同調することで、ストーカーの正体は三浦くんであるという疑惑は確信に変わった。

だけど、状況は少しずつ変化している。

まるで、きっちりとはまっていたパズルのピースがほんの少しだけ歪み、はまらなくなるみたいに。

どんなに力づくではめようとしても、形の違うピースははまらない。

そのパズルは永遠に完成しない。

「あんまりかかえ込むなよ？　何かあったら、すぐ言えって。協力できることならするから」

三浦くんは、そっとあたしの手を掴んで立ち上がらせてくれた。

あんなにも三浦くんを恐れていたはずのあたしが、三浦くんの手を借りて立ち上がるなんて……。

その時、ふと桜の言葉が脳裏によみがえる。

『ストーカーが三浦くんだって、決めつけてかからないほうがいいかもしれないよ』

「これ、渡しておくな」

すると、三浦くんがあたしの手のひらに何かを渡した。

そっと手を広げると、そこには一枚のメモがあった。

『平成第二中学校《へいせいだいにちゅうがっこう》』

平成……第二中……？

どうしてだろう……。

知っているはずがないのに、どこかで聞いた覚えがある中学校名だ。

「これって……？」

「五十嵐翔の出身中学」

「翔の……？」

「いずれ使うことになるかもしれないから渡しておく」

三浦くんはそれだけ言うと、一人で教材室の扉へと歩みを進めた。

「……ねぇ、三浦くん！」

思わず彼を呼び止める。

三浦くんはゆっくりとした動作で振り返った。

「本当に……三浦くんは……」

ストーカーじゃないの……？

そう聞く前に、三浦くんが答えた。

「ストーカーは俺じゃない」

「そっか……。疑って……ごめんなさい。話も聞かずにずっと避けて……ごめんね」

まだ一〇〇パーセント、三浦くんがストーカーではないと言いきる自信はない。

だけど、どこかで三浦くんはストーカーではないのかもしれないという気持ちも芽生えはじめた。

「別にいい。ただ俺は、お前のことが好きなだけだから」

「三浦くん……」

「ごめんな、無理やりこんなところに連れてきて。でも、こうでもしないと鈴森としゃべれないと思ったから」

三浦くんは、ほんの少しだけ悲しそうに言った。

「俺は鈴森の男でもねぇし、守ってやるなんて言えないけど……何かあったら俺が必ず助けてやるから」

「……ありがとう……」

「あぁ。じゃあな」

三浦くんはそう言うと、一人で教材室から出ていった。

「もう……何がなんだかわかんないよ……」

手のひらに残るメモをギュッと握りしめて呟く。

三浦くんがストーカーじゃないとしたら、いったい誰がストーカーなの……？

予期していなかった展開に思考がついていかない。

でも、一つだけ考え直すことができた。

三浦くんをストーカーと決めつけるのは浅はかかもしれない。

何事にも冷静沈着で客観的に物事を見ることができる桜は、最初から三浦くんだけをストーカーとは決めつけてはいなかった。

今まで桜が間違ったことを言ったことは一度もない。

あたしよりも何十倍も頭がよくて勘の鋭い桜は、好未を疑っている。

三浦くんは翔と好未を疑っているようだった。

もしかしたら……。

「……まさか……そんなはずないよね？」

ねぇ、翔……好未……？

あたしはぶんぶんと首を振って、湧き上がる考えを必死に否定した。

ハンムラビ法典

授業がはじまり、廊下は静まり返っていた。

いつもはザワザワと騒がしいこの廊下も、人の気配がないせいかどこか不気味に感じられる。

ペタペタという上履きの音だけが、あたりに響く。

保健室へ向かう足取りは重い。

教室に一人残された桜は、きっといつまでたっても戻ってこないあたしのことを心配しているに違いない。

保健室につき、引き戸にかけた手を一度引っ込める。

好未が翔に好意を抱いていることを知ってから、心の中はどんよりと曇った。

それは少しずつ、でも確実に好未に対する嫌悪感に変わっていく。

ほんの少し前まで大好きな友達だった好未に、そんな感情を抱いてしまう自分が嫌になる。

でも、気持ちを抑えようとすればするほど好未への負の感情が強くなる。

「ハァ……」

好未は翔を保健室に送り届けて教室に戻ったはずだし、具合の悪い翔は寝ているに違いない。

あたしが今、保健室に入ったところで状況は何も変わらない。

だけど……。

だけど、もしも……。

もしもまだ好未が翔のそばにいるとしたら……？

「まさか。そんなことあるわけないよ」

勝手な妄想をした自分が急にバカらしくなって、ふっと笑う。

落としかけていた視線をグッと持ち上げて、保健室の戸を開けた。

立てつけの悪い保健室の戸は、ぎこちない音を立てる。

入り口から中を覗き込む。

普段、保健医の先生が座っているイスには誰もいない。

その時、一番奥のベッドから人の声がした。

「……きたって」

「だい……うぶ」

「……めろって」

「……いからっ」

男女がヒソヒソと小声で囁いている。

その途端、ドクンッと心臓が嫌な音を立てた。

心臓の音だけが、なぜか冷静な脳内に響く。

顔中の筋肉が固まってしまったみたいに動かない。

わずかな間のあと、あたしは足音を立てないように保健室の中に入り、後ろ手に引き戸を閉めた。

「……ほらっ、もう行っちゃったよ」

「シッ。まだ誰かいるかもしれない」

声の主は、保健室に入ってきた『誰か』が出ていったと思っているようだ。

やっぱり……。その声の主が誰かわかった瞬間、思わずふっと冷たい笑みが漏れた。

「翔くんってば心配しすぎだってば～。保健医の先生もしばらく戻ってこないって言ってたじゃん。今、授業中だし誰も来ないって」

保健室に誰もいないと思い込んでいるのか、ヒソヒソ声をやめた女の子。

その声を聞き、拳に力がこもる。

ねぇ、何してるの？

そこでいったい何してるの？

ベッドのそばまでそっと歩み寄り、心の中で問いかける。

二人はこのカーテンの向こう側で、いったい何をしているんだろう。

彼氏と友達が誰もいない保健室のベッドの上でしていること。

恋愛経験の少ないあたしにだって簡単に想像がつく。

頭の中はなぜか冷静だった。

二人に気づかれないようにカーテンにそっと手をかけると、あたしは勢いよくそのカーテンを開けた。

シャッという音と同時に、ベッドの上にいた男女が目を見開いてこっちを見る。

「──何してるの？」

あまりにも滑稽だった。

女はあたしの登場に驚き、だらしなくポカンッと口を開けて飛び出しそうなぐらいに目を見開く。

思考が停止してしまったのか、数秒間ジッとあたしを見つめて固まったあと、弾かれたように男から離れた。

「り、莉乃……‼」

青ざめた表情を浮かべながら、はだけたYシャツを元どおりにする翔。

「マジでビビッた！　ハァー、てか見られちゃったかぁ～」

好未はため息交じりに呟くと、冷たい視線をこちらに投げた。

「つーかさぁー、何も言わずにカーテン開けるとかマジないんだけど」

乱れた髪を整えながら嫌悪感丸出しの好未。

対照的な反応の二人を冷静に見つめるあたし。

まるで時間が止まってしまったような感覚。

彼氏と友達の浮気現場を目撃したとは思えないほどに、あたしは落ちついていた。

「莉乃、話を聞いて。これには訳があって……」

「いい。今は何も聞きたくない」

自分でも信じられないくらいの冷たい声で翔を突き放す。

「ねぇ、莉乃。アンタさぁ～、なに調子に乗ってんの⁉」

「あたしが……調子に乗ってる？　どうして？」

「翔くんが話を聞いてって頼んでんのに、『何も聞きたくない』とか言ってさ。アンタ、何様よぉ？」

「ねぇ、好未……」

「何よ」

「どうしてあたしが責められないといけないの……？」

ベッドに腰かけて腕を組む好未に問いかける。

「翔とこんなことしてるところをあたしに見られて……どうして平然としていられるの？　翔はあたしの彼氏だよ……？　好未とあたしは友達でしょ？　それなのにどうして……好未のこと信じてたのに！」

「ハァー？　あたし別に友達とかいらないし～」

好未の言葉に思わず顔をしかめる。

「え？」

「てかさぁー、アンタのこと友達だと思ったことなんて一度もないし～？」

好未はフンッと鼻で笑うと、意地悪な笑みを浮かべる。

「あたし、入学した時から翔くんのこと狙ってたの。だから、莉乃と友達になりたかったわけじゃない。莉乃が翔くんと付き合ってるから友達のフリしてたの」

「何それ……」

好未の言葉は、まるで鋭いナイフのようにあたしの心に傷をつける。

「そんなあたしの気も知らないで、莉乃ってば翔くんとのことでのろけることもあったでしょ？　ちょっと顔がかわいいからって調子に乗りやがって。あれ、マジでウザかったから」

好未は吐き捨てるように言った。

「あたし、のろけてなんていないよ！　翔とのこと、好未がいろいろ聞いてきたから答えただけでしょ？　答えるのが恥ずかしいことでも無理して答えてたんだよ？」

「だったら答えなきゃいいじゃん。あたしさぁ、莉乃みたいな女が一番ムカつくんだよね。『好未のこと信じてたのに！』とか言っちゃってさぁ。今まで誰かに裏切られたことないぬるーい人生送ってるから簡単に人のこと信じるし、そんなバカみたいなことが言えるんだって」

「何が言いたいの……？」

　思わず声が震える。

「信じたって裏切られてバカを見ることになるって、あたしのおかげでようやく気づけたでしょ～？」

「ひどい……。ひどすぎるよ……」

　目頭が熱くなり、必死に唇を噛みしめて涙を堪える。

　重苦しい雰囲気が保健室の中に広がる。

「何、今度は泣くの？　ていうかさぁ、目障りだからさっさと消えて。今から、翔くんとさっきの続きするんだから」

　好未は、いまだにベッドの上で身動き一つとれないでいる翔の隣に腰かけた。

　スマートな動きで翔の腕に自分の腕を絡めて、肩に頭を乗せる。

　テカテカと光った好未の唇のグロスが翔の口元にもついている。

キス……したの？

いったいどこまで……したの？

ねぇ、翔。

こんな裏切り……あまりにもひどすぎるよ。

二人の情事を頭に思い浮かべた途端、指先が小刻みに震えた。

喉の奥から感情がせり上がってくる。

だけど、あたしは何も口にすることなどできず、唇を痛いくらいに噛みしめた。

脳がようやく翔と好未の裏切りを理解したのか、さっきまで冷静だったはずなのに今度は体中が熱くなって呼吸が荒くなる。

これ以上ない怒りを感じる。それは今までの人生で味わったことがないほどのものだった。

人は怒りが最高潮に達すると、怒鳴り散らすことができないんだと今知った。

好未に対して言いたいことは山ほどある。

汚い言葉でののしって、頬に平手打ちをするくらいじゃ気がすまない。

今すぐ翔の隣にいる好未をベッドから引きずりおろして、馬乗りになって髪の毛を乱暴にむしり取ってやりたい。

あたしをののしるその口を塞ぎたい。

逆ギレして、あたしを罵倒するその舌を引っこ抜いてやりたい。
口を塞ぎ、息を止め、二度とあたしをののしれないようにしてやりたい。
翔の唇にキスができないようにしてやりたい。
黒い感情が全身を包み込む。
あたしは憎しみを込めた目で好未を睨《にら》んだ。
信じていた相手に裏切られることが、こんなに苦しいことだなんて思わなかった。
あたしを裏切ったのは好未だけじゃない。
翔も同じ……。
ずっと信じていたのに。
翔が浮気をするなんて、考えたこともなかったのに。
それなのに、どうして――？
翔だって知っていたでしょ？
あたしと好未が友達だって。
それに、どうして今なの？
あたしがストーカーに苦しんでいるのも知ってたよね？
それなのに、どうしてこんなことしたの？
どうしてなの……？

「ねぇ、翔くん。莉乃なんてほっといてあたしと……」

好未が言いかけた時、目の前で信じられないことが起きた。

「え？」

思わず口から声が漏れた。

今までずっと黙っていた翔がクスッと笑った。

顔は笑っているのに、目が笑っていない。

こんな翔の笑みを見たのは初めてだった。

「……はは。はははは」

好未も翔の変化に気がついたようだ。

「か、翔くん……どうしたの？　何がおかしいの？」

絡めていた腕をほどき、驚いたように翔のことを見つめた好未。

次の瞬間、翔はぴたりと笑いを止めて無表情になった。

そしてなんのためらいもなく、好未の体を両手で勢いよく押しのけた。

それは本当に一瞬の出来事だった。

バランスを失った好未の体が、保健室の冷たいタイル張りの床にぶつかる。

「……いったぁぁ‼　何すんのよ⁉」

ベッドに座ったままの状態で受け身を取らずに落ちた好未は、お尻を激しく打ちつけ痛みに顔を歪めた。

でも、痛みよりも怒りが勝ったんだろう。

素早い動作で立ち上がると、怒りで目の縁を赤く染めて翔の前で仁王立ちした。

「ねぇ、翔くん。約束が違くない～？」

「……約束って何？」

「ふーんっ。いいんだ？　莉乃に言っても～？」

「勝手にすればいいだろ。もう付き合いきれない。もし言ったら……」

翔はベッドから勢いよく立ち上がると、好未の首に右手を当てた。

「もし莉乃に余計なことを言ったら……」

「……な、何？」

「……お前を殺してやる」

細い好未の首を、大きな手のひらでガシッと掴む翔。

翔はそのまま好未の首を締め上げた。

「えっ……？　ちょっ……翔く……ん？」

五本の指の腹が徐々に好未の首に食い込む。

その横顔は、あたしが知っている翔ではなかった。

いつも温厚で、誰に対しても優しくて裏表のない性格の翔。

まさか翔が女の子に手を上げるなんて……。

目の前の出来事が、ただただ信じられない。

だけど、なぜか嫌な気持ちにはならなかった。

翔は……。

あたしの代わりに好未に制裁を加えてくれているんだ。

あたしができなかった代わりに。

翔が……。

そうだよ。

あたしだって苦しいんだ。

友達と彼氏がベッドでしようとしていた行為を思い浮かべるだけで、息が止まりそうになる。

まだ、最後まではしていなかったかもしれない。

だけど、そういう問題じゃない。

そんな簡単な問題じゃない。

好未はあたしを傷つけたけれど、自分は何一つ傷ついていない。

やられたら、やり返す。

目には目を、歯には歯を。

ハンムラビ法典だった……？

この間、習った気がする。

「ちょっ、く、苦しい……ってば」

目を見開く好未の顔には、まだ余裕がある。

「莉乃に謝れ」

「マジ……なんなの……」

まだ反省していないの……？

「さっき、莉乃を侮辱したこと謝れよ」

ありがとう、翔。

だけど、翔だってあたしを裏切ろうとしたんだよね……？

「く、苦しい……」

「早くしろ」

……もっと。

もっと苦しめばいい。

「ご、ごめん……。くるしっ……」

好未の顔はみるみるうちに赤黒くなり、酸欠になっているようだ。

ねぇ、好未。苦しいよね……？

でもね、あたしだって苦しいんだよ……？
ねぇ、わかる？　この気持ち。
まだ足りない。
まだ、全然足りない。
あたしと同じ苦しみを味わうなら、もっともっと苦しまないと。
――もっと。もっと。もっと。
もっと。もっと。もっと。
もっともっともっと苦しんで。
翔は能面のように冷めた表情で、少しずつ手のひらに力を込めているようだ。
最初は余裕そうだった好未が、今は目を真っ赤に充血させている。
こちらに腕を伸ばして、助けを求める好未。
「……助け……て……。莉……乃……」
必死で口を開け、空気を吸い込もうとしている好未の姿にハッと我に返った。
ハンムラビ法典での、目には目を、歯には歯を。
相手にやられたことだけをやり返すこと。
あたしが好未にされたのは首を絞めることじゃない。
好未は体をビクンビクンッと震わせる。

緩んでしまった唇の端からは泡状のよだれを垂らし、目はうつろだ。

あたし……なんて恐ろしいことを考えていたんだろう――。

自分自身に震え上がる。

「……翔、やめて‼」

あたしが叫ぶと同時に、翔は好未の首に回した手の力を緩めた。

「ゴホッ……うぅっ……」

翔から解放された好未は、床に座り込み喉に手を当てて激しくむせる。

翔は、失われた酸素を体内に取り入れようと口を大きく開けて息を吸い込む好未の前にしゃがみ込むと、冷めた目で好未を見つめた。

「二度と莉乃を傷つけるような真似はするな」

そして淡々とした口調で告げると、いまだに苦しそうな好未の頭を指先で小突く。

「返事は？」

「ハァ……ハァ……」

いまだに呼吸が安定しない好未は、翔の言葉に答える余裕がない。

「おい、返事はどうしたんだ」

垂れ下がった好未の茶色い髪が、翔に小突かれるたびに左右に揺れる。

「聞いてるのか？　黙ってないで返事をしろ」

翔は黙って、何も言うことのできない好未を執拗《しつよう》に攻撃する。

何これ……。なんなの……。

目の前で繰り広げられる出来事に頭がついていかない。

「……めて。やめてよ、翔‼」

大声で叫ぶと、翔はチラリとあたしに視線を向けて柔らかい笑みを浮かべた。

「よかったなぁ、莉乃が優しくて」

翔に強引に腕を引っ張られて立ち上がった好未は、こちらに視線を向けた。

メイクが涙で落ちてしまったんだろう。

目の下を真っ黒に滲ませた好未が、憎々しそうにあたしを睨みつける。

だけど、すぐにふっとわずかな笑みを浮かべた。

顔は笑っているけれど、目が笑っていない。

背筋に冷たいものが走る。

ぼさぼさになってしまった髪を直すこともせず、ただ黙ってこちらを見つめる好未は、あたしのよく知る好未とは別人のようだった。

いまだに目の充血はとれず、縁どられた真っ黒く滲んだアイラインが赤と黒のコントラストを作り出し、あまりの迫力に戦慄すら覚える。

怖い……。

恐怖に足がすくむ。

好未にそんな感情を持ったのは初めてだった。

「……莉乃……。ごめんなさい」

すると、好未はうつろな表情を浮かべながらゆっくりとあたしの元へ歩み寄り、ギュッとあたしの体を抱きしめた。

「傷つけて……ごめんね。本当にごめん……」

「……っ……」

痛いくらいの力で抱きしめられて、思わず顔を歪ませる。

「あたし、もう翔くんのこと諦めるから。だから、これからもあたしと友達でいてくれるっ？」

「好未……」

「ホント、いろいろごめん。今度、学食一回おごるから。ねっ？　ハンバーグ定食でいいっ？　莉乃、好きでしょ？」

いつもの口調で話す好未に拍子抜けする。

さっきまでとは一転した好未の態度に困惑する。

本当に……翔とのことは一時の気の迷いなの……？

だったとしたら、さっきまでの……。

あたしを見るあの目は、いったいなんだったの……？

「あたし……まだ気持ちの整理がついてなくて……だから……」

「わかってる。莉乃があたしを許せないその気持ち。あたしだって……」

「えっ？　何？」

耳元に唇を寄せて何かを囁いた好未。

小声だったせいで、よく聞き取れなかった。

「え？」

もう一度聞き返すと、好未はさっきよりはっきりとした声で言った。

背筋が凍りそうなほど冷たい声で。

「あたしだって、アンタのこと絶対に許さない」

——ゼッタイニユルサナイ？

その言葉にあ然としているあたしの顔を覗き込んでニコリと笑いかけると、好未はスッとあたしの体から手を離した。

そして、翔に「ごめんね。もう莉乃のこと傷つけたりしないから」と謝ると、何事もなかったかのように保健室から出ていった。

足が床にくっついてしまったみたいに動かせない。

息をうまく吸うことすらできず、瞬《まばた》きすらもぎこちない。

ほんのわずかな間にいろいろなことが起きたせいか、頭の中の整理すらできない。
何……？
あたしの身のまわりでいったい何が起こっているの……？
どうしてこんなことになっているの……？
「莉乃……。俺、莉乃とちゃんと話したい。今日、うちに来て？」
心配そうな表情を浮かべた翔が、あたしの体をキツく抱きしめる。
だけど、混乱しているあたしには翔の温《ぬく》もりすら感じることはできない。
ゼッタイニユルサナイ。
好未の言葉と憎しみに満ちた目を思い出すと、全身がザワザワと粟立《あわだ》った。

腰をおろした。

異常な愛情

「まず……何から話したらいいかな……」

翔はホットココアをテーブルの上に置くと、ベッドサイドに座り込むあたしの前に

授業を受ける気になどなれずそのまま早退して、言われるがままに翔の家へやってきた。

初めて足を踏み入れた翔の部屋はキレイに整頓《せいとん》されていて、翔の几帳面《きちょうめん》な性格を表しているようだった。

「莉乃は誤解してると思うけど、俺……白石とは本当に何もないから」

翔の顔を見ることができず、視線を手元に落とす。

誰もいない保健室のベッドの上で一緒にいて、しかも服をはだけさせていたのに何もないなんてありえない。

そんな言い訳、通用しない。

けれど、あたしの気持ちを知ってか知らずか翔は続ける。

「あの時、白石に『好き』って告白された。だけど、ちゃんと断った」

「うん……」

「白石は莉乃の友達だろ？　俺だってそんなバカじゃないし、莉乃の友達と浮気なんてしないよ」

「そうだね……」

必死に言い訳する翔が逆に浮気を肯定している気がして、心の中がざわつく。

いっそ言い訳なんてしないで認めてくれたら、どんなに楽だろう。

そして、いさぎよく『ごめん。一時の気の迷いだ』と謝ってくれたら、あたしは翔を許すことができるはず。

だけど、翔はそんな気はさらさらないようだ。

あたしを家に呼び出したのも、必死で自分にはまったく非がないと弁解するため。

翔が浮気したかもしれないと辛く悲しい思いをしているあたしの気持ちなんて、翔はこれっぽちも考えてくれていない気がした。

「前からずっと白石のことをあんまりよく思ってなかったけど、莉乃の友達だから我慢してたんだ。今回、莉乃に誤解される原因を作ったのも白石だし……。本当に勘弁してほしいよ」

ねぇ、翔……。

今度は好未を悪く言うの……？

翔の新たな一面を見た気がした。

あたしの前でもみんなの前でも、翔は誰かの悪口を軽々しく言うような人じゃない。

それなのに、今の翔はどう……？

好未にすべてを押しつけて、自分を正当化しようと必死になっている。

ねぇ、翔。

本当の翔はどちらなの……？

「俺、莉乃以外の女って考えたこともないし、莉乃を裏切るようなことは絶対にしないから。だから……」

「じゃあさ、どうして二人でベッドにいたの？」

「えっ……？」

スッと顔を持ち上げて翔に視線を向ける。

一瞬ひるんだ様子を見せた翔。だけど、すぐに元どおりの顔になった。

「じつは、白石に脅されてたんだ」

「脅されてた……？　どうして？」

「俺、中学の時……彼女がいたんだ。その子と白石に、たまたま共通の友達がいたらしくてさ。それでいろいろ……」

「中学の時の……彼女……？」

「あぁ。俺、莉乃に言ったよね。莉乃が初めての彼女だって」

「うん……」

たしかに翔は付き合う前に言っていた。

あたしが初めての彼女だって。

翔みたいにカッコいい人の初めての彼女になれたって、すごくうれしかったことを今でも覚えている。

「でも、どうしてそんな嘘をついたの？」

「中学の時の彼女とはいろいろあったから。俺の中ではその子と付き合ったことはなかったことにしてるんだ」

「なかったこと……？」

「そう。こんな情けないこと言うの恥ずかしいんだけど、その子、俺以外にもいろんな奴と付き合っててさ。だから、自分の中でその子と付き合った過去は忘れたくて」

「そんなことがあったんだ……」

完璧《かんぺき》な翔の、思わぬ過去に胸が痛む。

「その子にあることないこと吹き込まれた白石に、中学時代のことを莉乃に全部バラすって脅されたんだ。莉乃が俺より白石のことを信じるとは思わなかったけど、莉乃を失うことが怖かったから」

「翔……」

翔の言い分はよくわかった。

だけどそれが、ベッドの上で二人が一緒にいたことの理由にはならない。

「でも……だったらどうして好未とベッドの上にいたの……？」

「あれは、仕方がなかったんだ」

「仕方がないって？」

「保健室で白石と話しているうちに悟ったんだ。白石は簡単には引き下がらないって。だから、仕方がなく……」

「仕方がなく……何？」

その続きは、なんとなく想像がついた。

だけど、あたしはあえてその続きを口にすることはしなかった。

「仕方なく一回抱いてやることにした。白石にも言われたんだ。一回抱いてもらえたら諦《あきら》められる気がするって」

「何……それ……」

当たり前のことように、あっけなく言い放った翔に思わず目をむく。

「白石としたかったわけでもないし、ましてや白石に心変わりすることなんて絶対にありえないって自信があったんだ」

どうして……？

どうしてそんなに平然としながら、そんな話ができるの……？

「それに、すべては莉乃のためだから」

「あたしのため？」

「あぁ。莉乃とこれからも付き合い続けていくための障害を排除しようとするのは、そんなにおかしいことじゃないだろ？」

「好未が……あたしたちの障害になっていたって言うの？」

「そうだ。白石は俺たちの関係を壊そうと必死になってた。莉乃だって、保健室でのあいつの態度を見てわかっただろ？」

優しく諭すように言う翔になぜか寒気がする。

正論を唱えているつもりかもしれないけれど、客観的に聞くと明らかにおかしい。考えが、あらぬ方向を向いている。

それに翔は気づいていない。

何かがおかしい。

その何かを言葉で表すことができない。

だけど、その違和感は徐々に増していく。

「だからって、好未の首を絞めることはなかったよね？　あんなことまでする必要あったの？」

「仕方がないだろ。少しは懲《こ》らしめておかないと今度は何するかわからないしさ」

楽しい話をしているわけじゃないのに、なぜか得意げに話す翔。

「さっきから……翔……ちょっと変だよ？」

翔との会話がしっくりこない。

「変って……何？」

すると、さっきまで柔らかい表情を浮かべていた翔の顔からスーッと笑みが消えた。

「保健室での翔……まるであたしの知らない人みたいだった」

「なに言ってるんだよ」

無表情とは、こういうことを言うのかもしれない。

表情からでは、翔が何を考えているのかがまったく見えてこない。

黒い瞳の奥が読めない。

保健室で見た、好未の首を締め上げる攻撃的な翔を思い出して背筋に冷たいものが走る。

今度、首を絞められるのは好未じゃなくて、あたしかもしれない。

一瞬、身の危険を覚えた。

「あはは っ……。そうだよね……。冗談だよ〜。もう、翔ってばそんな本気にならないでよ」

あたかも冗談であったかのように笑って誤魔化《ごまか》そうとしても、目の下が引きつる。

ここは翔の部屋だ。

もし万が一のことがあっても、誰も助けになど来てくれない。

自分でも何にこんなにも怯《おび》えているのかわからない。

だけど、目に見えない恐怖が体を這い上がってくる感覚に襲われて、いてもたってもいられない。

部屋の掛け時計は十三時半を指している。

あたしはとっさに切り出した。

「何か……おなか空いちゃったな。もう昼すぎだし、何か食べに行かない?」

「もうそんな時間か……。何か食べようか」

そう切り出すと、翔はいつものような笑みを取り戻した。

「でも、今日は手持ちがないから、うちにあるものを食べよう」

「えっ……?」

予想外の翔の言葉に一瞬うろたえる。

「インスタントラーメンだったらあると思うし」

「い、いいよいいよ‼　そんなの悪いもん‼」

「そんな遠慮しないでよ。一緒にキッチンに立って料理を作るのって新鮮だし」

「まぁそうだけど……」

「莉乃の手料理、食べてみたい」

楽しそうに言う翔とは対照的に、あたしの焦りは募る。

「で、でもさ今日はどこかに食べに行こうよ？　ねっ？　今日お小遣いもらったからたまにはおごるよ～。いつも翔におごってもらってばっかりだったし」

サッと立ち上がり、掴んだカバンを肩にかけてドアのほうに足を進めたその時。

「莉乃」

翔は、あたしの足首をガシッと掴んだ。

「本当は早くうちから出たいんだろう？」

上目づかいで問いただされ、思わずうろたえる。

翔はすべてを見透かしている。

すると翔は、何も答えられずにその場に立ちすくむあたしの足首から手を離すと、勢いよく立ち上がって部屋のドアの前に立ちはだかった。

まるで、あたしがこの部屋から出ることを拒むかのように。

「帰らせないよ」

翔は唇の端をクイッと持ち上げて笑う。

大好きないつもの笑顔とはまったく違う表情で笑う翔。

狂気的なその笑みに鼓動が速くなる。

「莉乃、どうしてそんなに慌ててるの？」

「べ、別に慌ててなんかいないよ……？」

「そう？」

「そ、そうだよ！」

「さっきさ……」

「えっ？」

「莉乃、言ってたよね？　どうして白石の首を絞める必要があったのかって」

「うん……」

ごくりと唾を飲み込んだ音が部屋中に響いた気がした。

「莉乃のためだよ。俺は莉乃の彼氏だから莉乃の考えてることはすべてお見通しなんだよ」

「どういうこと？」

「莉乃が白石を傷つけてやりたいって思ってたのに気がついたから、俺が代わりにやってあげたんだよ」

「あたし、そんなこと思ってな――」

そう言いかけた時、翔はニヤリと笑った。

「だったらさ、俺が白石の首を絞めてる時、どうしてすぐに止めなかったの?」

「えっ……?」

時が止まってしまったかのような感覚。

全身がスーッと熱を失ったかのように冷たくなり、身動き一つとれなくなる。

「止めなかったってことは、莉乃だって少なからずそうしてほしかったってことでしょ?」

翔の瞳が、あたしを捉えて離さない。

その瞳には、すべてを見透かされている気がした。

あの時、たしかに止めようと思えばすぐに翔を止めることができた。

だけど、そうしなかったのは好未に対して憎しみの感情があったから。

翔を寝取ろうとした好未に、自分と同じ苦しみを少しでも味わってほしかった。

自分でも信じられないくらい冷酷な感情が湧き上がって、それを自分自身でコントロールすることができなかった。

翔の行為をとがめるどころか、あたしは心のどこかでその行為に拍手を送っていた。

あたしは……あの時……。

たしかに好未を見捨てようとした。

何も言えずに黙ってうつむくことしかできないあたしの頭を、翔は優しく撫でた。

「いいんだよ、莉乃。俺はちゃんとわかってるから」

耳元でそっと囁かれて視線を動かすと、翔はそっとあたしの唇にキスをした。

目を閉じることも瞬きをすることもできずに、翔のキスを受け入れるあたし。

まるで体が固まってしまったかのように、その場から一歩も動けない。

「莉乃、しよう……。莉乃、愛してるよ……。俺が愛してあげるから」

ベッドに押し倒され、翔の舌があたしの首筋を這う。

受け入れることも抵抗することもせず、ただ黙って翔に体をゆだねる。

自分が自分ではなくなっていくような感覚。

「莉乃……愛してる……。絶対に離さない……」

諦めにも似た気持ちで目を閉じると、翔の『愛してる』という言葉が、何度も何度も頭の中で繰り返された。

疑心暗鬼

「……莉乃。もう莉乃ってば‼」

「えっ⁉　あっ、何？」

「具合はどう？　少しはよくなったの？」

「あぁ、うん……」

「さっきからずーっと呼んでるのに。最近、怖い顔して考え事ばっかりしてるみたいだけど学校で何かあったの？　具合が悪いのもそのせいじゃ……」

ハッとして顔を持ち上げると、お母さんが怪訝そうに目を細めた。

「違うって。本当に風邪を引いただけだよ」

あたしは数日間、学校を休んだ。

翔に会うことも、好未に会うことも避けたかったから。

今日は日曜日。

用意された朝食を必死に胃に押し込んで、ソファに腰をおろしたところまでは覚えている。

でも、それからはあれこれぼんやりと考え込んでしまっていた。

「もし何かあるなら早めに言いなさいよ？」

「うん」

だけど、あたしはお母さんを心配させまいと笑顔で答える。

保健室での出来事が忘れられない。

ぼんやりしていると、嫌でも思い出してしまう。

だけど、思い出すのはそれだけじゃない。

あたしを見つめる好未の目……。

怒りと憎しみが入り交じった冷たくて恐ろしいあの瞳。

そして、翔のこと。

今まで翔と付き合ってきて、おかしいと感じたことなんて一度もなかった。

いつだって穏やかで誰に対しても優しい翔。

だけど、この間、保健室で見た翔の姿は、あたしの知っている翔とはまるでかけ離れていた。

翔の家に行った時もそう。

あの時の恐怖は、今思い出しても身震いしてしまいそうになる。

あたしが知らないだけで、翔にはもう一つの顔があるんだろうか……？

考えれば考えるほどに頭の中が混乱する。

それはまるでアリ地獄のようだ。

すり鉢状の暗い穴の中に引きずり込まれそうになり、もがいて抵抗する。

今のあたしは、穴の奥にいる得体《えたい》のしれない何かに引きずり込まれないように、必死になってまわりの壁にしがみついている。

その穴の奥にいるのは、いったい誰だろう。

あたしを苦しめ、陥れようとしているのはいったい誰なの……？

《ピーンポーンッ》

その時、玄関のチャイムが鳴り響いた。


「……お邪魔します」

やってきた桜は、玄関先でお母さんに丁寧に頭を下げた。

あたしは桜を部屋に案内すると、再びリビングに戻り、マロンを抱き上げて階段を駆け上がった。

桜の住んでいるマンションでは、ペットを飼うのを禁止されている。

だから、犬好きな桜は、うちでマロンとたわむれるのをいつも楽しみにしていた。

「桜、おまたせ‼　マロン到着だよ～！」

なんとか明るくつとめようとしてわざとテンションを上げて部屋のドアを開けると、桜はどこか一点を食い入るように見つめていた。

「桜？　どうしたの？」

不思議に思いながらマロンを床におろして桜に近づく。

すると、桜が小刻みに震えていることに気がついた。

「ねぇ、桜。桜、どうしたの⁉」

顔は真っ青で目があちこちに泳いでいる。

呆然《ぼうぜん》と立ち尽くす桜の肩を掴んで揺らすと、桜はハッとしたようにあたしに視線を向けた。

「ねぇ、莉乃……。聞きたいことがあるんだけど……」

「えっ？」

「パソコンの横に取りつけられてるのってウェブカメラ……だよね？」

「うん。そうだけど……」

「あれって、なんのためにつけてるの？」

何にそんなにも怯えているんだろう。

不思議なことを尋ねる桜に首をかしげる。

「あれは、マロンの監視用だよ。外出中にマロンが何をしているのか見えるんだ。マロンは家族同然だけど、連れていけない場所もたくさんあるから。お留守番している時にマロンに何かが起こったらすぐにわかるようつけたの」

「監視……？」

「そうそう。家の外にいても、スマホでこの部屋の映像を見られるの。スマホがあるだけで、どこにいても誰といてもマロンを見られるんだよ。だけど、どうしてそんなことを聞くの？」

「……されてるよ」

「え？」

「この部屋……監視されてる」

桜が恐怖に顔を歪める。

「誰かに見られてる!!」

桜のその一言に、背中に氷の塊を押し当てられたように全身に悪寒が走った。

「な、何それ……。桜ってば、そんな怖いこと言わないでよ。冗談だったら怒るよ～？」

笑おうとしても、顔が異常なほどに引きつって動悸が起こる。

桜の怯え方からして、冗談を言っているとは考えられない。

「あのカメラのレンズ、動いたの……」

「えっ……？　でも、カメラは人の動きに反応して……」

「違うよ。最初は電源が入っていなかったの。いつも電源って入れっぱなしなの？」

「ううん。外出中だけ電源を入れてる。そうしないと、お母さんに電気代が高いって怒られちゃうから」

「だとしたら、なおさらおかしいよ。電源が入っていないのにカメラのレンズが動くはずない」

桜も同じように寒気がするのか、腕をさすり続ける。

「あたし、こないだテレビで見たの。遠隔操作で人のパソコンとかスマホを操れるって。しかも、相手に気づかれることなく」

「それって、この部屋をいつでも誰かが監視できたってこと？」

「そうかもしれない。莉乃、前に言ってたでしょ？　初めてストーカーからメッセージが届いた時、部屋の中で制服でいるのがバレてたって。それってもしかして……」

「嘘でしょ……？」

外からではなく、このウェブカメラを使って部屋の中を盗撮していたって言うの？

だけど、だとしたらすべての説明がつく。

「あたしあの日……翔と……」

ストーカーからメッセージが届いた日、あたしは翔とこの部屋の中で愛し合った。

もしかしたらストーカーは、その様子をこのカメラを使って盗撮していたのかもしれない。

すべて見られていた……？　あたしのすべてを。

それを悟った瞬間、吐き気が襲ってきた。

口に手を当てて、食道の奥から込み上げてくるものを必死で押さえる。

桜は部屋に置いてあったタオルをウェブカメラにかけると、唇に人差し指を当てた。

何かを訴えかけるような目を向ける桜。

そして、持っていたバッグをあさり小さなメモ帳を取り出すと、おもむろにペンを走らせた。

【盗聴されている可能性も高いよ。場所を移そう】

あたしは桜に従って大きく頷いた。

桜の言うことを聞いておいて間違いはない。

何も知らないマロンは、あたしたちの足元でうれしそうに尻尾《しっぽ》を振っていた。

桜と出かけてくると言い残して家を出る。

向かった先は、行きつけの近くのファミレスだった。

「莉乃のストーカーって本当にヤバいかもしれない。異常すぎるよ」

桜は席につくなり、ウェブカメラのことを思い出したのか顔を歪めた。

「もしかしたら、桜との電話の内容も全部聞かれていたかもしれないね……」

「その可能性は高いよ」

教材室での三浦くんとのやりとりや保健室での一件、それから翔の家での出来事をあたしは桜に電話で相談していた。

今のあたしにとって、心から信頼できるのは桜だけだった。

けれど困ったことに、その相談内容をストーカーに聞かれていた可能性がある。

「桜だから正直に言うけど、たぶん……ストーカーは三人のうちの誰かだと思う」

「三人って言うと、翔くんか好未か三浦くんってこと？」

「そう。だけど、翔だけは……理由がないの。あたしをストーカーするメリットもないし」

三浦くんがストーカーだとしたら、あたしへの歪んだ愛の形をストーカー行為へと発展させていったという理由がある。

「それとね、三浦くんに言われたの。白石好未に気をつけろって」

「三浦くんがそんなことを？」

「そう。あたしと仲のいい友達には気をつけたほうがいいって言われたから、好未のこと？って聞いたんだ。そしたら、そうだって」

「莉乃と仲のいい友達って、三浦くん、たしかにそう言っていたの？」

「うん。でも三浦くんの感じからして、顔は知っているけど名前は知らないみたいだった」

ストーカーの正体はいったい誰だろう……。

三浦くんの言葉が正しいとしたら、好未がストーカーの可能性が高い。

好未は翔のことが好きだった。だから、彼女であるあたしに憎しみを抱き、あたしを苦しめるためにストーカーを装い嫌がらせをはじめた。

だけど、いくら考えても翔にはなんの理由も見当たらない。

あたしと翔は付き合っているし、二人の関係だって順調そのものだった。

だとしたら、翔があたしにストーカー行為する理由は何もない。

「たしかに莉乃の言うとおりかも。今はまだ誰がストーカーか絞りきらないほうがいいかもしれないね」

「うん……。それとね、一つお願いがあって」

「お願い？」

「うん。どうしても桜についてきてほしい場所があるの」

「どこ？」

「平成第二中学校」

「それって……もしかして翔くんの母校？」

「そう。三浦くんにもらったメモにそう記されていたの。あたし、どうしても気になってて。そこへ行けば何か手がかりが掴めるかもしれない」

教材室で三浦くんは言っていた。

『いずれ使うことになるかもしれないから渡しておく』と。

それを使うのは、きっと今しかない。

あたしは確信を持っていた。

「平成第二中学に一緒に行くのはいいけど、今日は日曜日だよ？　生徒も先生もいないと思う」

「そっか……。それなら、部活に来ている生徒に聞いてみるっていうのは？」

「でも、なんて聞くの？」

「それは……」

たしかに桜の言うとおりだ。

あたしは部活の生徒……翔の後輩にいったい何を聞こうとしているんだろう。

あたしが黙り込むと、桜は真剣な顔をした。

「莉乃が平成第二中学に行こうとしている理由は、翔くんがストーカーではないことを確かめるため？　それとも、ストーカーである理由を探すため？　どっち？」

あたしはすぐに答えることができなかった。

あんなに信頼していた翔を、あたしは心の奥底で疑いはじめていた。

ふとした瞬間に見せる攻撃的な翔の姿を思い出すだけで、動悸が激しくなる。

「ごめん。そんなこと聞かれてもわからないよね」

「そんなことないよ」

申し訳ない表情を浮かべる桜に、あたしは首を横に振る。

すると桜がこんな提案をしてきた。

「そうだ。あたしね、莉乃に会わせたい人がいるの」

「会わせたい人？」

「そう。話を聞く価値はあると思う」

不思議に思いながらもあたしは店を出て、桜のあとを追いかけた。


ファミレスからそんなに離れていない場所にその人はいた。

小さな公園のベンチには、見るからに神経質そうな男の子が座っていた。

指で触れただけで刺さりそうなほど、過敏な雰囲気をかもし出している男の子。

彼はあたしたちに気づくと一度腰を上げて「どうも」と愛想なく頭を下げ、再び同じ場所に腰かけた。

長い前髪の間から覗く瞳は、赤く充血していた。

「会わせたい人って彼のこと？」

小声で桜に尋ねる。

「そう。彼、好未と同じ中学の島田《しまだ》くんっていうの」

「あっ、もしかして前に予備校が同じ友達って言っていたのが彼？」

「うん。そう」

男の子だったんだ。

てっきり女の子かと思っていた。

「中学時代の好未のこと、莉乃に話してあげてくれない？」

桜の誘導で島田くんは口を開くと、ボソボソと、時々言葉に詰まりながらも当時の話をしてくれた。

好未が中学時代、親友の彼氏を寝取り三股をかけていたこと。

彼氏を取られて泣きじゃくる親友のことを鼻で笑い、バカにしていたこと。

男女関係なく、好未は嫌いな人間を徹底的に排除しようとしたこと。

そして、好未と同じクラスだった島田くんは、彼女に「ガリ勉野郎」と笑い者にされて辛い中学時代を過ごしたこと。

好未の悪行のすべてを話し終えた島田くんは、どこかホッとしているように見えた。

自分の中に溜め込んだ不安や苦しみや悲しみは、人に話すことでいくらか救われる。彼はそれをあたしに吐き出すことで、気持ちが晴れたのかもしれない。

予備校の時間になり、彼はひととおり話し終えると公園をあとにした。

残されたあたしの中で、好未への負の感情は大きくなった。

「島田くんの話だと、イジメもすごかったみたい。女の子の髪の毛を掴んで引っ張り回したり……。好未ならやりかねないね……」

「うん……」

桜の言葉に小さく頷く。

たしかに、好未ならばやりかねないかもしれない。

保健室で翔とベッドにいるところをあたしに見られても、慌てるどころか開き直ってあたしを責め立てた。

普通の神経だったら、そんなことできるはずない。

マスカラで目の下を真っ黒に染め、充血した目であたしを睨みつけた好未の鬼のような恐ろしい形相が目に浮かぶ。

「好未とは、もう二度と関わらないほうがいいよ」

「うん……。そうする」

好未とは関わらないといっても、同じクラスである以上は最低限の接触は避けられない。
ストーカーは……好未かもしれない。
その疑惑は徐々に大きくなる。
それに、三浦くんだって言っていた。
『一つだけ忠告しておく。白石とは深く関わらないほうがいい』
桜も三浦くんも翔も……みんな一様に好未に対して不信感をあらわにしている。
それが何よりの証拠かもしれない。
あたしは覚悟を決めた。
「もうストーカー行為なんてさせない」
あたしは好未に負けない。
絶対に負けない。
「大丈夫。もし何かあっても、あたしは莉乃の味方だから」
「ありがとう、桜」
ストーカーが誰か見当がついたことで、心の中がほんの少しだけ軽くなる。
もう、好未の好きなようにはさせない。
あたしは心にそう誓った。

束縛と執着

月曜日。

あたしはハァと一度大きく息を吐くと、教室に足を踏み入れた。

「あっ、莉乃おはよ〜」

「おはよう」

クラスメイトたちとあいさつを交わしながら好未の席に目をやる。

だけど、まだ好未は来ていないようだった。

少しだけ胸を撫でおろして自分の席についた時、桜がやってきた。

「莉乃、おはよう。無事に番号変えられたみたいだね？」

「うん。新しいスマホ買ってもらっちゃった」

「あっ、それ今人気の最新型のでしょ？」

「そうそう」

「わー、いいなぁ」

取り出したスマホを桜に差し出すと、桜はマジマジと眺めた。

昨日、桜と別れてから、あたしはお母さんに無理を言ってスマホを買い替えた。

『この間、買ったばっかりなのに』

お母さんは最後の最後まで買うのを渋っていたけれど、次のテストを頑張ることを条件に買ってもらうことに成功した。

今まで数多くのメールや電話に悩まされていたけど、番号を変えてしまえばストーカーはどうすることもできないはずだ。

「やっぱりいいなぁ～。だけど、画面がもう少し大きかったらいいのに」

「そう？　これ以上、大きかったら電話しづらくない？」

「うちは家にパソコンもないし、スマホでネットすることが多いから」

桜の言葉にうんうんと頷く。

「あたしも普段はパソコンじゃなくて、スマホでネットしてばっかり。パソコンなんてほとんど使わないもん」

「だよね。スマホってすごい便利だもんね」

「ねっ」

桜の言葉に相槌を打つ。

「そういえばあたし、この間ネットで初めて友達ができたんだ～！」

「へぇ～そうなの？」

桜が興味津々といった様子で、あたしの言葉に耳を傾ける。

「SNSとかやってると、全然知らない子とも友達になれるし楽しいよね‼　顔は見えないけど、繋がってるって実感するっていうか。桜はやってる？」

「やってる。あたしも何人か友達いるよ」

桜はスマホを渡すと、まわりを気にしながら尋ねた。

「そういえばさ、好未には番号教えてないんだよね？」

「うん……。教えてない」

「そっか。じゃあ、知ってるのは？」

「家族と翔と桜だけ。他の友達にも、もちろん三浦くんにも教えてない」

三浦くんは、最初からあたしの電話番号を知らない。

メッセージ交換も専用のアプリで行っていた。

もし彼がストーカーだったとしたら、あたしの番号を第三者から聞いたか、あたしのスマホを勝手に操作して情報を盗んだとしか考えられない。

だけど、普段肌身離さず持ち歩いているスマホを勝手にいじるのは難しいはず。

三浦くんがストーカーだとしたら、あたしの連絡先を教えた誰かがいたことになる。

あたしの知らないところで個人情報が流されているかもしれない。

そう考えると背筋に冷たいものが走った。

「……莉乃」

その時、ポンッと誰かに肩を叩かれた。

振り返るとそこには翔がいた。

えっ……？

「……か……ける？」

名前を呼ぶのが精一杯だった。

目の下にクマを作り、どこかうつろな目でこちらを見る翔。

瞳には、なぜか暗い影が落ちているように見える。

明らかにいつもと違う翔の様子に気づいたのは、あたしだけではなかった。

「ちょっ……翔くん、大丈夫？　具合でも悪いの？」

桜が心配そうに尋ねると、翔はうつろだった目をカッと見開いた。

「……お前のせいだろ‼」

お腹の底から発したかのような怒声に、クラス中の視線がこちらに集まる。

水を打ったように静まり返る教室。

突然怒鳴りつけられた桜は、ぽかーんっと口を開けてあ然としている。

そんな桜に翔は容赦ない言葉をぶつける。

「お前、なんなんだ‼　莉乃の親友……？　ふざけんなよ」

「え？　何？」

「俺は莉乃の彼氏だ。いいか、莉乃の友達の分際で、でしゃばった真似をするな‼」

「え？　なんで？　なんであたしが怒鳴られてるの？　ちゃんと理由を説明して‼」

桜はみるみるうちに不機嫌そうな顔になると、すぐに反論した。

「あたし、何か翔くんに悪いことでもした⁉　したなら謝るけど、あたし何もしてないよね⁉」

「前からずっと思っていたけど我慢してたんだ。莉乃がお前のことを親友だって言っていたから。でも、お前は莉乃にふさわしくない‼　莉乃は優しいからお前と一緒にいてやってるんだ‼」

「……ちょっと翔‼」

「その髪の毛も、なんとかならないのか⁉　少しは身だしなみに気をつかえ‼　お前に莉乃の親友を名乗る資格なんてない‼」

「翔‼　やめて‼」

あたしは桜と翔の間に割って入った。

あたしたち三人のやりとりに視線が注がれ、みんなはそれを固唾《かたず》をのんで見守っている。

「桜、ごめん。本当にごめんんね」

翔の代わりに謝ったものの、桜は全身を小刻みに震わせながら口を手で覆い、うつむいている。

桜の顔は、長い髪に隠されて見ることができない。

大勢の人の前で怒鳴られてなじられたんだ。

ショックで泣き出したくなる気持ちもわかる。

桜の気持ちを思うと、どうしようもなく胸が痛んだ。

翔は、たしかにカッコいい。

だからといって、他人の容姿を大勢の前でけなすなんて許されることではない。

相手がどんな気持ちになるのか、どうしてわからないんだろう。

どうして桜を傷つけるの……。どうして⁉

「……翔、桜に謝って」

「莉乃、俺は……」

「早く謝って‼」

「黙れ‼　俺は悪くない‼」

「……っ」

翔の大声に思わずビクッと震え上がる。

一瞬ひるんだあたしの手を掴むと、翔は強引にあたしの手を引っ張り歩き出した。

「痛い！　痛いよ、翔‼」

ざわつく教室内。

なんとか必死に手を振りほどこうとしても、翔の力には敵《かな》わない。

振り返ると、いまだにうつむいている桜の姿が目に入った。

桜……ごめん……本当にごめんね……。

桜まで巻き込んでごめんね。

校内でも人気者で今まで声を荒らげたことなんてない温厚な翔が、教室内で怒声を上げた。

騒ぎを聞きつけた生徒たちで廊下がごった返すのも無理はない。

行く手をはばむかのような野次馬たちに、翔は苛《いら》立っているように見える。

すると、突然伸びてきた手が、あたしの空いていたほうの腕を掴んだ。

「……おい、大丈夫か⁉」

その方向を見ると、心配そうな表情を浮かべる三浦くんがいた。

三浦くん……？

それに気づいた翔は、ぴたりと立ち止まり振り返った。

「なんのつもり？」

「それはこっちのセリフだ。鈴森、嫌がってんだろ」

「三浦には関係のないことだ。それに、莉乃の彼氏は俺だ。お前じゃない」

吐き捨てるように言って、グイッとあたしの手を引っ張る翔。

三浦くんも、あたしの腕を離す気はないようだ。

「おい、見ろよ。女、取り合ってんぞ～‼」

「うわっ、マジだ！」

二人に引っ張られる形になったあたしに、まわりからの冷やかしの声が飛ぶ。

「莉乃の手を離せ‼　お前がストーカーだってことはわかってるんだ‼」

「俺じゃないって言っただろ」

「お前以外にそんなことやりそうな奴はいない‼」

「いる。それはお前が一番よく知ってるだろ？」

冷ややかにそう言い放つ三浦くんに、翔の目が鬼のように吊《つ》り上がる。

「莉乃は俺のものだ。他の奴には死んでも渡さない‼」

翔は、あたしの手を痛いぐらいに引っ張る。

「いっ……痛い……。翔……痛いよ……」

激しく引っ張られ続けて手首が抜けそうになり顔を歪めると、三浦くんがスッとあたしの腕を離した。

「ようやく諦めたな。俺の勝ちだ」

翔はそう言うと、そのままあたしを引っ張って歩き出す。

振り返ると、そこには悔しそうな表情を浮かべて拳を握りしめた三浦くんが立っていた。


「莉乃、さっきは痛かった？　ごめんね」

連れてこられたのは屋上だった。

翔は制服のジャケットを脱いで地面に置くと、その上にあたしを座らせる。

「俺はいつだって莉乃のためを思ってるんだよ」

隣に腰かけて、柔らかい笑顔を浮かべながらあたしの頭を撫でる翔。

あたしはとっさにその手を避けた。

翔は、そんなあたしの行動に目を見開く。

「莉……乃……？」

「どうして……」

「何？」

「どうして桜のことを怒鳴ったの？　あんなにひどいことを言ったの？」

教室での出来事を尋ねると、翔の顔から笑顔が消えた。

「桜とは中三からの付き合いだって話したよね？　桜はああ見えて繊細な子なの。さっきだってうつむいて泣いてたよ？　どうして桜を悲しませるようなことを言うの？　人の外見でしか物事を測れないの？」

「違う。全部、市川が悪いんだよ」

「桜が悪い？　どうして……？」

「昨日、ずっと市川と一緒にいたんだろう？」

「そう……だよ」

昨日は桜が家に来てくれて、その後ファミレスに行って話を聞いてもらった。

好未のことをよく知る島田くんにも会わせてくれた。

それがなんだっていうの……？

「莉乃が学校を休んでいる間、俺、何回も連絡したよね……？　どうして返事をくれなかったの？」

「あたし……具合が悪くて……」

「どうして具合が悪いのに市川と一緒にいたの？　どうして市川といる時は俺の電話に出ないの？　どうして市川を優先するの？　市川より俺のほうが大事だろ？　違うの？　ねぇ答えてよ、莉乃」

矢継《やつ》ぎ早《ばや》に質問を飛ばす翔。

「電話に気づくのが遅くなったのは申し訳ないと思ってる。だけど、そのあと折り返しの電話を……」

「その電話をもらった時には、新しいスマホに変えて番号まで変わってただろ？」

興奮してきたのか翔の声に力がこもる。

「それも全部市川の助言だろ？　あいつがスマホを変えろって言ったから変えたんだろ？　番号を変えるなんて話、俺は聞いてないしなんの相談もされてない。莉乃の彼氏は俺なのに、俺の意見は聞かなくていいのか？　勝手なことしていいのか？　あ？」

「番号を変えたのは桜の意思じゃなくて自分の意思だよ。翔に相談をしなかったのは俺、何か間違ったこと言ってる？　言ってないよね？」

「悪いと思ってるけど……」

「悪いと思ってるなら、市川と友達やめてよ」

「え？」

「俺と市川、どっちが大事？　俺が大事なら市川と友達やめるくらい簡単でしょ？　もう二度と市川と口きかないでよ。連絡先も今すぐ、俺の目の前で削除して。メッセージもブロックして。さ、早く」

「そ、そんなの無理だよ。桜はあたしの親友だよ……？」

「俺は莉乃のためなら親友だって友達だって誰だって簡単に捨てられるよ。俺が大切なのは莉乃だけだから。莉乃だって俺と同じ気持ちだろう？ 違う？」

「そんな……桜を捨てるなんてあたしにはできない……。それに、どうしてそんな選択肢しかないの？ ねぇ、お願い。考え直して」

「それはできない。どちらかを選んで」

必死でお願いしても、翔はかたくなに首を縦に振ろうとはしない。

お互いに一歩も譲らず話が平行線になる。

すると、徐々に翔が苛立ちはじめた。

あぐらをかいた膝《ひざ》の上で、人差し指でリズムを取りはじめた。

はじめはゆっくりだったリズムはスピードを増す。

一本から二本、二本から三本……四本、五本。

そして、最後には右手の拳をアスファルトの地面に叩きつけはじめた。

翔の拳から真っ赤な血が滲み出す。

「やめてよ、翔……！ お願いだから……‼」

必死に止めても、翔は聞く耳を持たない。

あたしの声なんてお構いなしに、翔は拳を地面に叩きつけ続ける。

「やめてほしいんだろ？ それなら、市川と親友をやめるって言えばいいんだよ。簡単なことだろう？」

みるみるうちに拳全体が赤く染まる。

「そんな……」

「ほらっ、早く言いなよ。俺だって本当はこんなことしたくないんだよ。こんなことを俺にさせてるのも、すべて莉乃のせいなんだよ。莉乃が早く決断してくれれば、俺はすぐにこんなことやめられるんだから。あー、そろそろ痛くなってきたな。莉乃、早く決めてよ」

「お願いだから……もうやめて……」

あまりの恐ろしさに涙が溢れる。

そんなあたしを見て、翔の目が怒りに染まった。

「……ふざけるな！　なんでそんなに考える必要があるんだ‼　俺と市川、大切なほうを選ぶだけなのに、なぜそんなに迷うんだ！」

やめて、翔。

お願いだから、もうやめてよ……。

あまりの恐怖に膝をかかえて体を縮こまらせる。

顔を歪めながらボロボロと涙を流すあたしに、翔はさらに怒声を浴びせる。

「莉乃は俺の彼女だろ⁉　違うのか？　あぁ⁉　何か言え‼」

「そうだよ……。だけど、友達は簡単に捨てられないよ……！」

声が震えて呼吸が苦しくなる。

「市川にそう言えって言われたのか⁉ そうなんだろ⁉」

「ち、違うよ……！ 桜はそんなこと言わないよ」

「だったら、だったらどうして俺を選ばない⁉ 俺はこんなにも莉乃を愛しているのに‼ それなのにどうして⁉」

「翔……お願いだから落ちついて……‼」

「うるさい‼ お前は俺の女だ‼ 誰にも渡さない‼」

翔はそう叫ぶと、あたしの体をギュッと強引に抱きしめた。

耳元で聞こえる翔の声。

「絶対に渡さない。莉乃は俺だけのものだ。ずっと永遠に俺だけのもの」

吐息が耳にぶつかってゾッと寒気がする。

痛いくらいに抱きしめられて顔を歪める。

「翔……痛いよ……。離して……」

恐ろしかった。翔が……。恐ろしくてたまらない。

「莉乃、愛してるよ。俺だけの莉乃。誰にも渡さない。絶対に……絶対に誰にも渡したりしない」

「翔……。離して……」

「莉乃、大好き。ずっと一緒にいよう。永遠に愛し続けるよ」

翔の耳に、あたしの声は届いていないようだ。

ひとり言のように、あたしへの愛の言葉を延々と繰り返している。

翔の豹変《ひょうへん》に衝撃を受けた。

保健室での一件以来、翔に対する不信感は募っていった。

だけど、今日確信を持った。

翔は普通ではない。

どこかがおかしい。

どこがおかしいのかと問われれば、うまく答えられる自信はない。

だけど、突然怒り出したかと思えば急に優しくなったり、その逆があったり……感情の波が大きすぎる。

何かのスイッチを押してしまえば、怒り出して止まらなくなる。

そして何より、あたしへの愛情も異常すぎる。

束縛が強いな、と感じることは今までも多々あった。

クラスメイトの男の子としゃべっただけで、何を話していたのかを事細かに聞かれたり。

体育の授業で男女がペアになって体操を行う日には、具合が悪くもないのにあたししくもあった。

『莉乃が他の奴に触られるなんて耐えられないよ』

その時はまだ、翔のその行為も愛情の裏返しだと思っていたし、ほんの少しだけうれしくもあった。

翔がそこまで自分のことを想ってくれていると実感できたから。

だけど、今はそんなふうには思えない。

あたしの交友関係を一切断たせて、翔だけに縛りつけようとしている。

桜のことを怒鳴りつけ、桜と過ごすことを非難され、桜と友達をやめることを強要する翔は異常だ。

あたしから何もかも奪おうとしている。

そんなのおかしい。絶対におかしい。

あたしは翔の彼女だけど、翔の操り人形なんかじゃない。

「……翔、離して」

「決心がついたってこと？」

「違うよ……。あたしは桜と友達のままでいる」

あたしは桜と友達をやめることなんてできない。

桜は、あたしの親友だ。

あたしが苦しい時や辛い時、桜はいつだってそばにいてあたしを励ましてくれた。

「市川と友達をやめるって言うまで、離さない」

ギュッと、さらに力を込めてあたしの体を抱きしめる翔。

「……っ」

息苦しさに声を漏らす。

「莉乃は優しいな……。でも、いいんだよ。そんなに無理しなくて」

「無理なんて……してな……」

「早く言いなよ。あいつと友達やめるって」

「言わない……。絶対に、言わないよ……」

苦しさに顔を歪めた時、パッと翔があたしの体を離した。

ようやく諦めてくれたのかもしれない。

ホッと胸を撫でおろしながら翔に視線を向けたあたしは驚愕《きょうがく》した。

翔の目は鬼のように吊り上がり、目の縁を怒りで真っ赤に染めていた。

奥歯をギリギリと悔しそうに噛みしめて唇を震わす翔は、何かに取りつかれたかのようにあたしの肩を掴んだ。

「言え」

その豹変ぶりに保健室での一件を思い出す。

今、目の前のいる翔の様子は、好未の首を締め上げた時と同じだった。

「翔……」

「早く言え‼ あいつと友達をやめると言え‼ 今なら許してやる。だから、早く言うんだ‼」

翔は、あたしの肩を前後に激しく揺する。

恐怖が全身に広がり必死に抵抗しようとしても、翔はそれを許してくれない。

「莉乃は俺のものだ。俺だけのものだ。市川や三浦に取られるくらいなら、殺してやる‼」

叫び声にも似たその声に、全身の筋肉が固まってしまったかのように動かない。

突然訪れた、さらなる恐怖に涙が溢れる。

「やめて……お願い……やめて……！」

体を揺すられたことで、めまいがしてきた。

遠のきそうになる意識の中で、ぼんやりと翔の顔が浮かび上がる。

その顔は、いつもニコニコと柔らかい笑顔を浮かべた翔ではなく、鬼のような形相であたしを見つめる翔だった。

「いいか、俺から離れるなんて言ったら絶対に許さない。お前は俺のものだ‼」

「莉乃と一緒にいていいのは俺だけだ」

「市川には渡さない」

「三浦の野郎……。今度、莉乃に指一本でも触れたら殺してやる‼」

ダメだ……。

翔の怒鳴り声が徐々に遠くなる。

目をつぶると、ぽっかりと空いた穴にまっさかさまに落ちていくような感覚に襲われ、あたしは意識を手放した。

第三章

決断

「……んっ……」

目を開けると、視界にクリーム色のカーテンが飛び込んできた。

どこか独特のニオイと柔らかなシーツの感触。

体の上にかけられた真っ白な布団を見て、ここが保健室であると気づき、ハッとして慌ててあたりを見渡した。

「……いない……」

ベッドのまわりに翔の姿が見えないことを確認してホッと息を吐く。

すると、シャッという音と同時にベッドを区切っているカーテンが開いた。

――翔だ‼

思わず目をギュッとつぶった時、

「鈴森さん、起きた……?」

遠慮がちな女性の声が聞こえた。

「先生……」

「具合はどう？　少しはよくなった？」

保健医の先生は柔らかい笑みを浮かべて、あたしのベッドに腰かけた。

「あのっ……あたし……どうしてここに……？」

「五十嵐くんが連れてきてくれたのよ。鈴森さんが急に意識を失ったって言って、おんぶしたまま慌てて駆け込んで来たからビックリしちゃったわ」

「翔……が？」

「えぇ。彼、鈴森さんのことすごく心配してたわよ。大切にされてるのね」

先生の笑顔に返す言葉が見つからない。

急に意識を失った……？

それは違う。

あたしは、翔に肩を掴まれ激しく揺すぶられたせいで意識を失ったんだ。

最近、寝不足だったこともある。だけど、それだけじゃない。

翔は明らかな狂気をむき出しにした。

《キーンコーンカーンコーン》

チャイムの音が保健室に響き渡る。

ふと時計に視線を移すと、一時間目の終わりを指していた。

あたしは一時間近くも意識を失っていたようだ。

「あらっ。もう休み時間ね。そういえば、五十嵐くんが休み時間に鈴森さんの様子を見に来てくれるって言ってたわ」

「え？」

翔が……来る？

あたしは慌てて起き上がると、ベッドの下に置いてあった上履きに手をかけた。

「ちょっ……鈴森さん、どうしたの？　まだ寝ていたほうがいいわ」

「ダメ……早く逃げなくちゃ……」

焦っているせいか、普段はすぐに履ける上履きがなかなか履けない。

どうしよう。翔がもうすぐここに来てしまう……。

早く。急がないと。

掛け時計のカチカチっという針の音が妙に耳に響く。

もしも、また翔と会ったら意識を失うだけではすまないかもしれない。

また、あの鬼のような形相であたしを……。

「教室に戻るなら、五十嵐くんが来てから……」

「……ダメ!!」

自分でも信じられないくらいの大声で叫んでいた。

先生は訳がわからないといった様子で、ぽかーんっとあたしの顔を見つめる。

「……は、履けた‼」

なんとか上履きをはいて笑顔を浮かべるあたしの顔を、先生が怖いものでも見たかのようにジッと見つめる。

「ねぇ、鈴森さん……」

「はい？」

「あなた、大丈夫……？　顔色も悪いし……。もし何か悩みがあるなら先生に……」

「いえ、大丈夫です」

今すべきことは、先生に悩みを聞いてもらうことじゃない。

一刻も早く、この保健室から出ることだ。

「だけど……、あなた……」

保健の先生はまだ何か言いたそうにしていたけれど、あたしはそれを聞き流して保健室をあとにした。

保健室を出て、二階へ上がる階段を前にピタリと足を止める。

翔が教室から保健室に向かう場合、この階段を使う。

渡り廊下を渡った先にもう一つ階段があるけれど、わざわざ遠回りしてくるとは思えない。

ここで翔に会ったら逃げ道はない。

だとしたら、渡り廊下の先にある階段を使ったほうが賢明だ。

翔とすれ違いでうまく教室に戻れたら、そのままバッグを取って帰ろう。

桜には学校が終わってから会う約束を取りつける。

そして、今日起こった出来事を桜に聞いてもらおう。

翔とこれからどうするかは決まっていない。

だけど今日、翔と顔を合わせるのは避けたかった。

お互いに冷静に話し合いができる状況ではなくなっていた。

あたしは目の前にある階段を通りすぎて、渡り廊下の先にある階段を目指して歩き出した。

足が徐々に速まる。

歩きながらまわりを見渡す。

誰かに見られているような気がして鼓動が速くなる。

前から歩いてきた女子生徒と目が合った。

見覚えのない顔だから上級生だろう。

すれ違いざま、彼女はなぜか驚いた顔でこちらを見ていた。

なんだろう……。

不思議に思いながら振り返ると、彼女とバチッと目が合った。

「……‼」

その途端、ザワザワと体の毛が逆立つような恐怖に駆られた。

なんで立ち止まってこちらを見ているんだろう。

あたしは前に向き直ると慌てて駆け出した。

怖い。怖い。怖い。怖い。怖い。

やめて、見ないで。

こっちを見ないで。

誰が味方で誰が敵か……。

誰がストーカーで誰がストーカーでないかがわからない。

今、目が合った女子生徒はストーカーでないとわかっているはずなのに、動悸が止まらない。

今にも叫び出しそうなぐらい恐ろしくてたまらない。

完全な被害妄想だとわかっていても、まわりにいるすべての人があたしを見ている気がする。

自分に悪意を向けている気がする。

翔が豹変したように、他の人も急に態度を変えるかもしれない。

『莉乃は俺のものだ。俺だけのものだ。市川や三浦に取られるくらいなら、殺してやる‼』

翔の言葉がグルグルと頭の中を駆け巡る。

自分が自分でなくなっていくような感覚が全身を包み込む。

どんなに速く足を進めようとしても、体が言うことを聞いてくれない。

数十メートル歩いただけなのに、ハァハァと荒くなる息。

なんとかあと少しで階段までたどりつくという時、前から見覚えのある人物が歩いてきたのに気がついた。

それは今、翔と同じぐらい会いたくない人物だった。

こんなタイミングで鉢合わせしてしまうなんて……‼

ハッとして慌ててきびすを返そうとすると、

「……莉乃」

その人物はあたしに気づいて、口の端をクイッと持ち上げて笑った。

その途端、全身が凍りついてしまったかのように動けなくなった。

相手はゆっくりとした足取りで、こちらへ歩み寄ってくる。

静かな廊下にペタペタという足音が響き、頭の中で危険を知らせるかのような警報音が鳴り響く。

逃げようとしても逃げられない。
ゴクリと唾を飲み込んだと同時に、相手はあたしの目の前でピタリと足を止めた。
そして、充血した目でこちらを見るとこう言った。
「見ーつけた」
ふっと笑ったその顔に戦慄する。
「ちょっと顔かして」
目の下に黒いクマを作った好未は顎《あご》で指示を出す。
逃げようと思えば逃げられたはずだ。
でも、あたしは逃げることができなかった。
自分の意思に反して、体が動いてくれないのだ。
こんな状態で逃げても、追いかけられて捕まるのは目に見えている。
そして逃げて捕まれば、もっと恐ろしいことが起こりそうな気がした。
あたしは好未に促されるまま女子トイレへと向かった。

衝撃の事実

シーンと静まり返るトイレの中に、授業のはじまりを告げるチャイムが鳴り響いた。

「授業……はじまっちゃったね～」

「う、うん……」

目の前にいる好未に戦々恐々《せんせんきょうきょう》しながらも頷く。

普段はバッチリと化粧をして髪を巻いている好未。

オシャレには絶対にぬかりのないはずなのに、今日に限ってはひどいありさまだ。

目の下に大きなクマを作り、顔には生気が感じられない。

数日間会っていなかっただけなのに、ひどくやつれている。

普段カラコンやつけまつげをしているせいで気づかなかったけれど、ノーメイクの目は一重で吊り上がっていた。

唇は乾いてガサガサになり、皮がめくれ上がっている。

あたしが知っている好未の姿とはかけ離れていて、まるで別人のようだった。

「ねぇ、莉乃～。あたしさぁ、アンタが嫌い」

「え……？」

「だってさ～なんでも持ってるでしょ？　桜っていう友達とか翔くんっていう彼氏とか。そんな彼氏がいるのに、三浦くんにまで好かれて告白されてさぁ」

「それは……」

「別に弁解なんていらないし？　本当のことだもん」

好未の口調は普段どおりなのに、その言葉の端々に、あたしに対する憎しみが現れている気がする。

「だけどさぁ、人間って案外わかんないもんだよ～？　裏切ったり裏切られたり。ずーっと、そういうのの繰り返しだから」

「どういう意味？」

「たしかにさ、あたしはアンタの彼氏を寝取ろうとしてアンタを裏切ったよ。でもね、アンタを裏切ったのはあたしだけじゃない」

好未はニヤッと意味深な笑みを浮かべた。

「莉乃って翔くんのこと何も知らないでしょ？　彼がどういう人間で、過去に何をしてきたか」

「過去……？」

「そう。中学時代の彼女のこととか～。彼の中学校名って知ってる？」

「知ってるけど……」

「平成第二中ってさ、ここから結構遠いでしょ？　でも、このあたりに住んでる人は名前ぐらいはだいたい知ってるはず。どうしてかわかる？」

「何が言いたいの？」

回りくどい言い方をする好未は、あたしの反応を明らかに楽しんでいる。

「あそこの学校が有名なのって、女子生徒が校舎から飛び降りてニュースになったから。ちなみに、その女子生徒が翔くんの元カノ」

「え……？」

思わず呆然とする。

校舎から飛び降りたのが……翔の……元カノ……？

ドクンと心臓が嫌な音を立てた。

そうだ……。

言われてみれば、たしかに三浦くんに『平成第二中学校』というメモをもらった時、その中学校名を聞いたことがあるような気がした。

女子中学生が校舎から飛び降りたというニュースも、ネットニュースで見たような気がしなくもない。

「その子は……生きてるの……？」

急激に口の中が乾きはじめる。

「ちょうど木の上に落ちて助かったみたい。だけどさ〜、その彼女ってどうして飛び降りなんてしたんだろうね〜？　不思議じゃない？」

好未はすべて知っている……。

だから、わざともったいぶって話しているんだ。

「好未は……前から知ってたの？」

「ううん、知らないよ。だけど、調べたの。翔くんのことが好きだから。好きな人のことは全部知っておきたいって思うじゃん？　そしたら、いろいろ知っちゃったの。どうして彼女が飛び降りたのか……とか？」

「その理由は何……？　まさか、翔に関係することなの……？」

「莉乃だって、薄々わかってることなんじゃないの〜？」

「好未、お願い！　教えて！」

「仕方ないなぁ〜」

必死に頼むと、好未はしぶしぶ言葉を続けた。

「翔くん、彼女のことストーカーしてたんだって。しかも、かなり執拗に。それで彼女は追い詰められて飛び降りたの」

「……嘘」

「残念だけど、本当。その話をあの日に保健室で翔くんにしたら、顔を真っ青にしてたの。莉乃には言わないでくれって。本人にも自覚があったんじゃないの～？　それで、あたしのお願いを一つ聞いてくれるっていうから一回抱いてって頼んだの。抱いてくれれば、翔くんの過去の話は莉乃にはしないって約束した」

「そんなの、嘘」

「でも、翔くんはあたしを抱いてくれなかった。ううん、アンタが邪魔したから。その揚げ句、翔くんはあたしを裏切って首を絞めた……。だから、もう約束は守らない。アンタに全部バラすことにした」

「やめて……。そんな嘘つかないで‼」

「……嘘じゃない‼」

好未はそう言うと、あたしの肩をドンッと激しく押した。

「嘘なんかじゃないから。アンタのことをストーカーしてたのはアンタの彼氏の翔くんだよ」

「嘘……」

「ねっ？　あたしに裏切られただけじゃなくて、彼氏からも裏切られてたでしょ～？」

うつむくあたしに、一歩一歩近づいてくる好未。

「三浦くんをストーカーにでっちあげて、『莉乃のことは俺が守る』とか言っちゃってさ〜。自作自演もいいところだよね」

ジリジリと迫ってくる好未から逃れるように一歩一歩後ずさりすると、トイレの壁に背中がぶつかった。

「人間ってさ〜裏切るもんなの。信じるだけムダムダ〜！」

鼻歌交じりに言うと、好未は手のひらをそっとあたしの首筋に押しつけた。

「あたしさぁ、ぶっちゃけ〜莉乃のことは嫌いだったけど……心のどこかでは……もしかしたら本当の友達になれるかもって期待してたんだよね」

「え？」

楽しそうだった表情から一転して真顔になる好未。

「この子となら、本当の友情を築けるかもって思った時もあった。だけど、やっぱりさぁ〜人って裏切るんだもん。どんなに仲よしでも裏切られるんだもん」

「好未……？」

情緒不安定な好未の様子に戸惑う。

「あたしの大好きな彼氏のこと、寝取るんだもん。応援してるよって笑顔で言ったくせに。友達だったのに。それなのに、あたしの彼氏と……‼」

目を真っ赤に充血させてそう叫ぶと、好未はあたしの首にかけた手に力を込めた。

一瞬で息が詰まり呼吸が苦しくなる。

好未の長い爪が首筋に食い込む。

あたしは好未の手から逃れようと必死で首を振る。

でも、背中を壁につけられている状態で、うまく逃れられない。

「どう……？　苦しいでしょ〜？」

「こ……のみ……」

「あたしだって翔くんに首を絞められて苦しかったよ。だけどさぁ、莉乃。アンタ、すぐに助けてくれなかったでしょ〜？」

「……く……るしい……」

「心のどっかでは『もっとやれ』って思ってたんでしょ〜？　アンタ、あの時うれしそうな顔してたよ〜？」

ふふっと笑う好未。

「大丈夫大丈夫。どんなにいい子ぶってたって、人間には表の顔と裏の顔があるものだし。両方持っていてこそ、人間らしいんだしっ」

「……め……て……」

「莉乃ももうあたし側の人間じゃん〜？　今だって、いい顔してるし。これからは本音で付き合えそうな気がするし〜」

ダメだ。

好未にはもう、何を言ってもムダだ。

このままじゃ、殺される。

好未の手首を掴んで引き離そうとしてもうまくいかない。

「……めて‼」

意識が飛びそうになる中、あたしは最後の手段に出た。

力を振り絞って右足を持ち上げると、好未めがけて蹴《け》り上げた。

「わっ‼」

思ってもいないあたしの反撃に、好未は驚いて首から手を離す。

人を蹴るのは生まれて初めての経験だった。

好未のスカートには、あたしの上履きと思われる足跡のような汚れがはっきりと残っていた。

「ごほっ……ごほっ……ハァハァ……」

勢いよく息を吸い込み肺に酸素を送り込むと、くらくらしていた意識が徐々にはっきりとしてきた。

まだ痛む喉に手を当てて好未に視線を移す。

「どうして……？　どうしてこんなことをするの……？」

「別に。アンタの彼氏にやられたから、アンタに同じことやり返しただけ。悪い？」

「好未は……ずっとそうなの……？　人の彼氏を奪って、人をいじめて。弱い者いじめってそんなに楽しい？」

「ハァ〜？　なんなの急に。アンタ、またやられたいわけ？」

じりじりとこちらへ歩み寄ろうとする好未を、あたしは睨みつけた。

「さっきさ……言ってたよね？『あたしの大好きな彼氏のこと、寝取るんだもん。応援してるよって笑顔で言ったくせに。友達だったのに。それなのに、あたしの彼氏と』って。意味わかんないよ……。中学時代、友達の彼氏を寝取ったのは好未でしょ？」

「ハァ？　アンタ、なに言ってんの〜？　いい加減にしないとキレるよ？」

「あたし、知ってるの。全部。好未の過去……全部知ってるんだから！」

「……ぶっ。あはははは‼　…………バ――――カ。でたらめ言ってんなよ」

けたたましい笑い声のあと、好未は鬼のような形相を浮かべた。

「でたらめなんかじゃないよ。だって、現に翔のこと寝取ろうとしたでしょ？」

「で、それがどうしたのよ？」

「開き直らないで‼」

「アンタだってためになったでしょ？　友達のことなんて簡単に信じちゃダメだって

勉強できてよかったじゃん。あたしに感謝しなさいよ」

「好未、いい加減にして!!」

「嫌。あたしのことなんて何一つ知らないくせに偉そうなこと言わないで」

「知ってるよ。あたし、島田くんに聞いたんだから!!」

「は？　島田〜？　誰そいつ〜」

「好未の中学時代の同級生だよ。覚えてないの？」

「あたしの中学マンモス校だったし、いちいち全員の名前なんて覚えてるわけないから。つーか、さっきから何を訳のわかんないこと言ってんだよ!!」

眉間にシワを寄せて声を荒らげる好未には、もうかける言葉が見つからない。

好未は島田くんのことを覚えていないの……？

いじめたほうは覚えていなくても、いじめられたほうは忘れられないもの。

言ったほうは忘れてしまっても、言われたほうはずっと覚えている。

あたしはチラッとトイレの入り口に目をやった。

あたしは今、トイレの一番奥の壁に追いやられている。

左手にはトイレの個室。右手には手洗い場。

入り口は好未の背中の後ろ。

「……ねぇ、好未？」

「は？　何よ」

あたしがそっと問いかけると、好未は面倒くさそうに答えた。

早くここから逃げなきゃ。

どの言葉が好未の地雷かわからず、それを言ってしまえば再び彼女の逆鱗《げきりん》に触れる。

また首を絞められるかもしれないという恐怖心が募る。

もうこうするしか手段はない。

あたしは一《いち》か八《ばち》かの賭《か》けに出ることにした。

「この間、保健室で言ってたよね……？」

「は？」

「あたしのこと、絶対に許さないって」

「言ったけど、それがなんなのよ」

好未は先が気になるのか苛立っているように見える。

「あのね、好未。あたし……」

「だから、何よ‼」

目を見開き鼻息を荒くする好未を見て、クスッと笑いながら言葉を続ける。

「あたしも好未のこと、絶対に許さないよ」

「……りぃぃぃぃぃのぉぉぉぉぉ‼」

お腹の底から出したかのような、低く唸《うな》るような声に一瞬ひるむ。

目の縁を真っ赤に染めて鼻にシワを寄せる好未の姿は、まるで獣《けもの》のようだった。

ギリギリと怒りにまかせて奥歯を噛みしめ、こちらを睨みつける。

緊張で汗が額に浮き出る。

あまりの恐怖に後ずさりしそうになる足をグッとこらえて、トイレから出るチャンスをうかがった。

「……してやる。してやる。殺してやる。殺してやる!!」

まるでお経のように『殺してやる』と唱える好未の目は、もう色を失っていた。

まるで壊れたステレオのように、何度もその言葉を繰り返す。

人間はこうやって壊れていくんだと、好未の姿を見てぼんやりと思った。

「りのぉぉぉぉぉ!!」

カッと目を見開き、こちらに突進しようとしてきた好未のほんのわずかな隙をついて駆け出す。

好未を怒らせたのも、すべて計算のうちだった。

好未が怒りで我を忘れているうちに、なんとかトイレから逃げ出そうと考えていた。

怒り狂い声を上げる好未の横をうまくすり抜け、出口の扉に手をかける。

大丈夫だ……。

このまま逃げられる……‼

扉を力いっぱい押してトイレから足を踏み出した瞬間、ぐんっと強い力が髪の毛にかかった。

「……ふふっ。もう逃がさないよ……。アンタはあたしが殺す……‼」

「い、いやぁぁぁぁ‼」

正気を失っている好未に髪をわし掴みにされて、恐怖が全身を駆け回る。

息が切れ、額の汗がさらに増す。

「離してっ‼」

首を左右に振っても、好未は力を緩めない。

それどころか、左手でさらに髪の毛を掴もうと試みている。

「やめてぇぇっぇぇぇ‼」

叫びながら力いっぱい顔を振ると、ブチブチッというものすごい音を立てて好未の手があたしの髪の毛から離れた。

痛みを感じるより先に、パラパラと床に落ちる自分の髪の毛に気がついた。

その瞬間、自分の中で何かが壊れる音がした。

「チッ」

自分の手のひらに絡んだあたしの髪の毛を、舌打ちしながら面倒くさそうに払い落とす好未。

もうそこにいるのは、あたしの知っている好未ではなかった。

このままここにいたら、本当に殺されてしまうかもしれない。

「い、い、いやぁぁぁぁ!!」

絶叫しながら、すぐそばにある階段に向かって駆け出す。

早く逃げなくちゃ。

早く。早く。早く。早く!!

「ハァハァ……やめて……来ないで……」

振り返ると、好未が怒り狂った恐ろしい表情で追いかけてくるのが見えた。

「りぃのぉぉぉぉ!!」

恐怖の中、好未に首を絞められた時の感覚がよみがえる。

首筋に食い込んだ好未の長い爪。

あれ……? 爪……?

以前、ストーカーが家のポストに入れた赤い封筒の中にあったあの爪……。

もしあれがストーカー自身の爪を切って入れたものだったとしたら……今はまだそこまで長くなるはずがない。

人の爪は、そう簡単にもらえるものではない。

ましてや、どこかで拾うことはもっと難しいはず。

だとしたら、あの爪はストーカー自身の爪。

あの爪が届いた時、爪が長かった人はストーカーではない。

ずっとそう思っていた。

けれど、もしその爪が……手ではなく足だったとしたら……？

赤い封筒に入っている爪を見た時、なんの疑いも持たず手の爪だと思っていた。

けれど、足の爪だとしたら……。

ううん、それだけじゃない。

事前に爪を切り、保管していたということも考えられる。

どうしてそこまで考えが及ばなかったんだろう……。

なんだろう、この気持ちは……。

今までそうだと信じて疑わなかったことが、根底からくつがえされるような感覚。

やっぱり好未が言うように、翔がストーカーなんだろうか……。

翔がストーカーだという心当たりはたしかにある。

桜と友達をやめるように迫ってきたり、急に人が変わったかのように豹変したりすることもある。

三浦くんがくれた『平成第二中学校』と書かれたメモ……。

あのメモで三浦くんが伝えたかったのは、翔が女子生徒を追い詰めたストーカーだということ。

すべての点と点が繋がり一本の線になる。

けれど、その線が今になってぼんやりと滲む。

何か取り返しのつかない、大きな間違いを犯しているような気がする……。

それが何か、考える余裕が今はない。

「りのぉぉぉぉ‼」

振り返ると、さっきよりも好未との距離が縮まっている気がする。

このままだと追いつかれてしまう。

必死で階段を駆け上がろうとしても恐怖で足が思ったように動かせない。

やだ……。お願い……。

誰か……。

誰か助けて……‼

「やめて……来ないで‼」

好未に向かってそう叫んだ時、上の階からおりてくる人影に気がついた。

……助かった。

パァッと目の前が明るくなる。

騒ぎに気づいた先生かもしれない。

好未の尋常ではない様子を察して、助けを求めればきっと手を貸してくれるはずだ。

よかった……。

好未から逃げられる……。

大丈夫。あと少し。あと少し。あと少し。

「……助けてっ……‼」

二階からおりてきた人にありったけの声で叫んで手を伸ばすと、その人はそっとあたしの手を掴んだ。

「……莉乃。大丈夫？　心配したんだよ」

「ど、どうして……」

あまりの驚きに口がうまく回らず、唇を震わせることしかできない。

「莉乃ぉぉぉ‼　殺してやる‼　絶対に許さない‼　アンタなんて消えればいい‼」

そんなあたしを心配そうに見つめた翔は、奇声を上げながら階段を駆け上がってくる好未に気づき顔を歪ませた。

「かわいそうに……。こんなに震えて。大丈夫だよ、莉乃。俺が守ってあげるから」

屋上で見せた時とはまったく違う穏やかな口調で言うと、翔はそっとあたしの体を自分の後ろに隠した。

「かけるぅぅぅ、邪魔するなぁぁぁ‼」

正気を失った好未のあまりに恐ろしいその声に、耳を塞ぎたくなるのを必死でこらえる。

だけど、あたしの目の前にいる翔の背中は、どこか落ちつき余裕さえ感じられた。

好未があと一歩のところまで迫る。

「いやっ……やめて……来ないで‼」

ガクガクと震えながら叫ぶことしかできないあたし。

いつからこんなことになってしまったんだろう。

いつから歯車が狂ってしまったんだろう……。

狂っているのは好未……？　それとも……翔……？

それとも……あたし……？

「ひっ！」

それは一瞬の出来事だった。

翔の目の前まで駆け上がった好未は短い悲鳴を上げると、急に体を後ろに反らした。

好未が驚いたように目を見開く。

その時、落ちていく好未と目が合った。

鋭く吊り上がった細い目で、好未は何かを訴えているように見えた。

「……こ、好未‼」

思わず好未の名前を呼ぶ。

それに反応したかのように、一瞬だけ好未がほほ笑んだ気がした。

好未はそのまま階段を転がり落ちていった。

体と階段がぶつかり合い、骨がゴツゴツと擦《す》れる音が廊下に響く。

あっという間に一番下まで落ちた好未の頭からは、おびただしいほどの血が流れて、廊下に広がる。

「あっ……こ、好未……‼　好未‼」

絶叫しながら階段を駆けおりた私は、好未の横に駆け寄る。

何度声をかけても好未の反応は一切ない。

好未に追いかけられたことによる恐怖は消え失せていた。

頭から溢れ出る血が止まらない。

目の前の血だまりが、どんどん大きくなっていく。

「このままじゃ死んじゃう……。好未が死んじゃうよぉぉぉ‼」

頭をかかえて叫ぶあたしの隣に、そっと腰をおろす翔。

「翔……お願い……救急車を呼んで……‼」

「大丈夫だよ、莉乃」

「お願い……救急車……」

目頭が熱くなり、涙がボロボロと零れる。

「怖がらなくていい。もう白石はいないんだから。これでもう、俺たちの邪魔をする奴はいなくなったね？　あっ、違う……。まだ三浦がいたね。市川も邪魔だけど……あいつは莉乃の親友だし……。女だからね。俺が少し我慢するよ。俺の努力も認めてくれよ」

「翔……何を言ってるの……？」

「くっくっくっ……俺が両手で白石の肩を押したら……あいつ、すっごい顔してたなぁ。莉乃も見ただろ？」

「肩を……押した……？」

たしかに好未は翔の元へたどりつく直前、急に体を反らして階段から転がり落ちた。

翔の背中に隠れていたあたしには、その一部始終は見えなかった。

もし、それが好未のミスではなく第三者の力が加わっていたとしたら……。

翔が好未を突き落としたんだとしたら……？

「しょうがなかったんだよ。もともとの原因は俺と莉乃の仲を白石が邪魔したからだし。それに、莉乃のことをすごい顔で追いかけ回してただろ？　だから、俺が……」

「翔が……やったの？　翔が好未を階段から突き落としたの……？」

「莉乃を守るためにはしょうがなかったんだよ。愛する人を守るためには多少の犠牲は仕方がないことだしね」

「あたしは……好未を突き落としてなんて頼んでないよ‼」

「莉乃、どうしてそんなに怒ってるんだよ。俺は莉乃のために白石を……」

「違う。それはあたしのためなんかじゃない。自分のため。全部全部、自分のため‼」

困ったように頭をかいて、そっとこっちに手を伸ばそうとした翔の手をパッと振り払う。

「触らないで……！」

「莉乃……？」

「触らないでよ……‼　あたし、もう全部聞いたんだから‼　翔が元カノのことストーカーしてたとか全部聞いたの‼」

そう叫んでよろよろと立ち上がると、翔もつられて立ち上がった。

「あたしのことをストーカーしてたのも翔でしょ？　どうして？　どうしてそんなことをしたの⁉　あたしがどんな思いだったかわかる？　怖くて毎日眠れなくて……どんな気持ちでいたか……翔は全然わかってない‼」

「莉乃、それは誤解だよ。中学の時の元カノは……」

「いい‼　もう聞きたくない。翔の言葉を信じられない。もうあたしに話しかけないで。お願いだからあたしに関わらないで……‼」

涙と鼻水でぐしゃぐしゃな顔で叫ぶと、翔の顔色がスッと変わった。

「ペット用のカメラで盗撮してたのも、翔だよね……？　ストーカーから初めてメッセージが来た日、翔はうちに来てたもんね……？　あたしが飲み物を取りに行く間にカメラに何かしたの⁉　何か仕かけた？　それしか考えられない‼」

「俺はそんなことしてない。莉乃、さっきから何か誤解してる。俺がそんなことをするはずがないだろ？」

「誤解なんかじゃない‼」

「莉乃……」

あたしが声を荒らげると、翔はスッとこちらに手を差し伸べようとした。

あたしは、その手をサッとかわして立ち上がると翔を睨んだ。

「ポストに赤い手紙を入れたのも翔でしょ……？　翔ならあたしの家を知ってるはずだもん‼」

「俺じゃない……。俺はそんなことしない‼　いくら莉乃でも、いい加減怒るぞ⁉」

目を充血させて怒鳴る翔。

「翔はあたしをどうしようとしていたの……？　あたしが元カノみたいに飛び降りるのを望んでいるの⁉︎　翔の目的はいったい何……⁉︎」

「俺はただ莉乃を俺だけのものにしたいだけだよ。他の奴に取られたくないだけ。莉乃、俺の気持ちわかるだろ？　俺はただ莉乃を愛してるだけだよ」

さっきとは一転して、子供をあやすような優しい声であたしを諭そうとする翔。

感情の起伏があまりにも激しくてついていけない。

「わからない。翔の気持ちなんてわかるわけない‼︎　愛してるからってストーカーまがいのことをして許されるわけないよ！　あたしがどんな気持ちだったかなんて、翔にわかるはずがない‼︎」

あたしがそう叫ぶと同時に、「キャ――‼︎」と耳をつんざくような悲鳴が聞こえた。

こちらへ歩いてきたのは、先ほどすれ違った女子生徒だった。

彼女は血を流して倒れている好未に気づき、ブルブルと震えていた。

「きゅ、救急車……‼︎」

彼女は声を上ずらせてそう叫ぶと、ポケットからスマホを取り出した。

『救急車』という単語に一瞬ひるんだ翔。

逃げるなら今しかない。

あたしは翔に背中を向けて階段を駆け上がった。

逃走

「……ハァハァ……」

階段を駆け上がり、翔から逃れようと必死に走り続ける。

シーンと静まり返った廊下に、あたしの上履きの音が響き渡る。

「……莉乃‼」

後ろから翔が追いかけてくる。

好未は無事だろうか……？

さっきの女子生徒が、救急車を呼んでくれることを願うことしかできない自分が情けない。

だけど、今は翔から逃げることで精一杯だった。

心臓がバクバクと震えて、異常なまでに気持ちが高ぶる。

怖い……もうすぐ追いつかれてしまう。

もし追いつかれたら、きっとあたしは翔に殺されるに違いない。

どうしてこんなことになるまで気がつかなかったんだろう。

翔の異常性に……。

もしもっと早く気づいていれば、こんなことにはならなかったのかもしれない。

「ハァハァ……」

口が渇いて、せき込みそうになるのを必死でこらえる。

徐々に足が重たくなる。

三階四階……階段を駆け上がりながらふとそれに気づいた時、目の前が真っ暗になった。

この先にあるのは屋上だ。

屋上へ向かえば、もう逃げ場はない。

こんなことになるなら、最初から保健室のすぐそばにあった階段を使えばよかった。

そうすれば、好未と会うことはなかった。

好未が翔に突き落とされることもなかった……。

状況が、すべて悪いほうへ向かっている。

だけど、あたしはそれを正すすべを知らない。

今さら引き返しても翔とかち合うだけ。

翔にまともな話は通用しない。

徐々に翔との距離が近くなる。

「莉乃、どうして逃げるんだ⁉」

「もう……ここまでかな……」

翔の怒声がすぐそばまで迫っていることに気づくと、諦めにも似た気持ちが生まれはじめる。

けれど、なんとか気持ちを奮い立たせて屋上へ向かう。

屋上の扉がすぐ目の前まで迫ってきた。

この先に待っているのは天国か地獄か……。

いったいどちらなんだろう……。

普段は使用禁止になっている屋上。

だけど、スペアキーを持っている一部の生徒たちのたまり場と化していた。

あたしは扉を力いっぱい開けて屋上に飛び出した。

その瞬間、晴れ渡った空が視界に広がり、さわやかな風が髪を揺らす。

まるで天国にいるような気持ちになる。

その時、ふと屋上で寝そべっている男子生徒に気がついた。

見覚えのあるその男子生徒は、あたしの姿に気づくなり慌てて立ち上がった。

「……て……」

「おい‼　鈴森……お前、どうしたんだよ⁉」

駆け寄ってきた彼は、顔を歪めて困惑したように問いかける。

「……け……て……」

三浦くんに今すぐさっきまでの出来事を話したいのに、うまく言葉にならない。

鼓動が激しく鳴り響く。

もうすぐ来る。

翔が来る……‼

早く。早く。早く。

三浦くんに翔の存在を知らせないと……‼

ただ口をパクパクと開くあたし。

三浦くんはその言葉を理解しようと、あたしの口元を必死で見つめる。

「……逃げて！」

「逃げて？　何から？　おい、鈴森‼　しっかりしろ‼」

「翔が……来る……。好未が……階段から……血が……頭から……血が……」

あたしの肩を支えながら、必死にあたしを落ちつかせようとしてくれる三浦くん。

「ごめんね……。ストーカーだって……疑って……ごめんね……」

「全部、知ったのか……？　五十嵐翔が中学時代、彼女をストーカーして追い詰めたことを」

「うん……。三浦くんは最初から知ってたんだね。だから……あたしを、ことあるごとに心配してくれた……」

三浦くんは最初から全部知っていたんだ。

三浦くんは友達が多いし、顔も広い。

「あぁ。俺は五十嵐の元カノの兄貴をよく知ってたから。昔はあんなじゃなかったのに、あの事件以来変わっちまった。家族もバラバラになって……」

三浦くんがそこまで言ったところで、屋上の扉がギギーッと嫌な音を立てて開いた。

ゆっくりゆっくりと姿を現す翔。

屋上に降り立った翔の手元が、太陽の光に反射してキラリと光る。

それがなんであるか瞬時に気づいた三浦くんはあたしの腕を掴んで、あたしを自分の背中に隠した。

「五十嵐、お前、何する気だ……‼」

「……なんでこんなところに三浦がいるんだ」

「おい‼　とにかくナイフを捨てろ‼」

「ねぇ、莉乃……。どうして三浦の後ろに隠れてるんだ？　莉乃は俺の彼女だろ？」

「おい‼　聞いてんのか……今すぐナイフを……‼」

「お前が、莉乃をたぶらかしたんだな⁉　なぁ、そうなんだろう⁉　あぁ⁉」

激昂《げきこう》した翔は目を吊り上げて、ナイフを振り上げながらこちらへ歩み寄ってくる。

その目には明らかな殺意が浮かんでいる。

「莉乃は俺だけのものだ。莉乃は俺だけのものだ。莉乃は俺だけのものだ‼」

「……なんなんだ、あいつ。あいつの目、正気じゃない」

三浦くんの声に焦りが滲む。

ジリジリと翔から逃れるように後ずさりしていると、背中がフェンスにぶつかった。

「三浦くん……もう……逃げられない……」

「くそっ」

「もうダメ……もうダメだよ！　あたしは殺される……。殺されちゃうんだよ……いや……嫌……‼　こっちへ来ないで‼」

あまりの恐怖に頭がしびれてきた。

涙が溢れて、それは顎まで到達する。

これはきっと夢だ。悪い夢。今までの悪夢のような出来事すべては夢。

そう。目が覚めればきっと元の日常に戻れているはずだ。

「五十嵐‼　やめろ‼　また同じ過ちを繰り返すのか⁉」

「ははは、同じ過ちって何を言ってるんだ？」

一歩一歩と翔は距離を詰める。

「お前の元カノ、島田美佐《みさ》だろ？　俺、そいつの兄貴を知ってるんだ。だから、お前のことも全部知ってる。お前が彼女にしたことも全部」

「美佐？　そんな名前だったかな……？　もう過去のことだし、忘れたよ」

「お前のあまりにもひどい束縛とストーカー行為に耐えかねて、彼女は校舎から飛び降りた。なんの罪もない彼女を、お前は自分のエゴのために追い詰めたんだろ⁉」

「違う。俺は追い詰めてなんていない‼」

「いや、追い詰めたんだ‼　お前の狂気じみた独占欲が彼女を追い詰めた。中学を卒業して遠い高校に入学したお前は、今度は鈴森に目をつけた。まわりが何も知らないのをいいことに‼」

「違う違う違う違う‼　わかったようなことを言うなぁぁぁぁぁっ‼」

鼻に縦ジワを刻み、顔中に恐ろしいほどの怒りを浮かべた翔がナイフを振り上げた。

まるでそれはスローモーションのようだった。

突進してくる翔はあっという間に三浦くんの懐《ふところ》に入り込み、ナイフを突き立てる。

だけど、その前に三浦くんはあたしの体を押して自分から遠ざけた。

トントンッと横にずれたあたしの位置からは、はっきりと見えた。

三浦くんのお腹に半分ほど刺さったナイフ。

翔がグッと力を込めて、さらにナイフを三浦くんの腹部に深く刺し込む。

そのまわりから徐々に広がる真っ赤なシミ。

三浦くんは苦痛に顔を歪めながら、こちらに顔を向けた。

「……逃げろ……‼　鈴森、早く、逃げろ……‼」

「あぁ……三浦くん……三浦くん……いやぁぁぁっぁぁっぁああ‼」

髪をかきむしって大声で叫ぶ。

「三浦ぁぁぁっぁあああああ‼　絶対に殺してやるぅぅぅぅぅぅぅ‼」

翔の顔は、狂気の沙汰としか言えなかった。

「くっくっく。どうだ、痛いだろ？　俺を怒らせ、莉乃に手を出した罰だ‼」

口の端からヨダレを垂らして叫び狂う翔は、三浦くんが苦しむのを楽しむかのように三浦くんの体からナイフを引き抜く。

刃先についた三浦くんの血が、ポタポタとコンクリートにシミを作る。

腹部を押さえた三浦くんは低く唸りながらも、「……バカ‼　早く逃げろ‼」と苦痛に満ちた声で叫んだ。

「……いやぁぁあっぁぁあああぁぁぁ‼」

三浦くんのその声に弾かれるように駆け出し、屋上の出口に向かう。

全身が痙攣《けいれん》しているかのように震えて、呼吸が定まらない。

転がるように階段を駆けおりながら、ポケットの中をまさぐりスマホを探す。

「いやぁぁぁぁあっぁ。助けて……ぁぁぁっぁぁぁぁあ‼　ぁぁぁっぁぁ‼」

震える手でスマホを操作して桜に電話をかける。

階段から転がり落ちていく時の好未の目が、ふと脳裏をよぎる。

あたしのせいだ。

あたしのせいで好未が……‼

三浦くんだって今ごろは翔に……。

ナイフで……。

「……いやぁぁっぁぁっぁ‼　やめて、やめて、やめてぇぇぇぇぇ‼」

大声で叫ぶと、気持ちが楽になる。

「来ないでぇぇぇぇぇっぇぇ‼」

階段の途中に座り込み髪をかきむしりながら大声で叫ぶと、トントンッという一定のリズムを刻んで階段を上がってくる足音に気がついた。

スマホの画面は、いまだに呼び出し中と表示されている。

よく考えれば、授業中の桜が電話に出られるはずがない。

今度はいったい誰なの……？

疲労感でいっぱいになり、目がうつろになる。

このまま消えてしまいたい。
この恐怖の世界から……。
誰か……お願い……。あたしを連れ去って……。
逃げても、もがいても徐々に吸い込まれていく。
得体のしれない何かが、あたしの足元にいる。
黒い黒い穴の中からそっと手を伸ばし、あたしを引きずり込もうとしている。
このままきっと、あたしは引きずり込まれるんだろう。
そして、二度と出てはこられまい。
「桜……助けて……」
そう呟くと、
『大丈夫。あたしが莉乃を助けてあげる』
どこかで桜の声がした気がした。

最終章

最終対決

【三浦玲央《れお》side】

「……ははっ。どうだ？　痛いだろう？」

「テメェ……」

「次はどこを刺してほしい？　また腹を刺したら、さすがに大量出血で死ぬな。でも、そう簡単には殺したくないしなぁ」

血のついたナイフをヒラヒラと楽しそうに俺の目の前で揺らしながら、挑発的な言葉を吐く五十嵐。

狂気に満ちたその目に、怒りを通り越して恐怖を覚える。

こいつにまともな話は通用しない。

五十嵐は人を刺すことにためらいを感じていない。

いや違う。もう、壊れているんだ。

人としての道徳心が、すでに崩壊している。

鈴森が自分から離れていくことを感じ、おかしくなったんだろう。

自殺を図った元カノも、きっと五十嵐から逃れられないと感じて死を選ぼうとしたんだろう。

死よりも恐ろしい狂気が五十嵐にあると知ってしまったから。

なんとかあのナイフを奪わないと、やられるのも時間の問題だ。

痛む腹部に手を当てると、真っ赤な鮮血が溢れ出ていた。

「くそっ……」

ナイフを引き抜かれたことで出血量が増えている。

このままだと意識を失うのもそう遠くはない。

体を丸めて痛みに耐えながら足をグッと踏ん張る。

その時、鈴森の恐怖に満ちた表情が頭に浮かんだ。

あまりの恐怖に自分を見失いかけているように見えた鈴森が、心配でたまらない。

こんなことになるんだったら、もっと早く打ち明けるべきだった。

五十嵐翔の正体を……。そして、あいつと仲のいい友達の本性を……。

「くっくっくっ。痛みでもう何も考えられないだろう。でも、三浦が全部悪いんだぞ？　俺と莉乃の関係を壊そうとするから」

「……関係を壊したのはお前だろ。自分の彼女をストーカーするなんてどういう神経してんだよ」

「ふんっ。バカを言うな。俺は莉乃のストーカーじゃない。俺は知ってるんだ。三浦がストーカーだと。お前以外に考えられない」

「俺は……ストーカーじゃない。もしお前が本当にストーカーじゃないとしたら、真犯人はいったい誰だっていうんだ……」

「何を言ってるんだ。お前が犯人だ。お前がストーカーだ。莉乃を怖がらせて、俺と莉乃を引き離したのはお前だ‼」

五十嵐はそう叫ぶと、ナイフを振り上げた。

怪しく光るナイフの先に神経を集中させる。

「ガタガタぬかしてねぇで、さっさと死ねぇぇぇぇぇ‼」

振りおろされたナイフから、さっと身をかわす。

けれど、致命傷を負った体ではどうしても動きが鈍くなる。

ナイフが右肩をかすめる。

引き裂かれるような痛みに顔を歪めながらも、五十嵐の動きに目を凝らす。

「今日……島田の兄貴が自殺したって連絡があった……。お前は島田家をバラバラにして追い詰めた！　お前が今すべきことは……過去の過《あやま》ちを反省することだろ‼」

「くそっ。失敗失敗。次は仕留める。絶対に仕留めてやる」

声の限りに叫ぶも、五十嵐は口元に笑みを浮かべてブツブツとひとり言を繰り返して微動だにしない。

五十嵐の元カノの兄貴とは長い付き合いだった。

小学校時代に通っていた隣町の空手教室で出会い、そこから付き合いがはじまった。

一つ年上で頭がよく、人当たりもいい、誰からも好かれる人間。

だけど、それを鼻にかけることなく年下の俺をかわいがってくれた。

中学に入り連絡を取り合う機会こそ減ったものの、何かと気にかけてくれて連絡をくれた。

これから先もこんな関係が続いていくと信じていた矢先、あの事件は起こった。

島田の兄貴の妹が飛び降り自殺を図った。

当時は、新聞の地域欄やネットにも載るほどのニュースだった。

それからほどなくして、風の便りに聞いた。

島田の兄貴の妹が精神を病み、病院に入院していると。

それを苦にした母親は外で男を作り、もともと父親のいなかった島田家はバラバラになった。

それから、兄貴は変わった……。

くぼんだ目に生気はなくなり、頬はこけ、髪は伸び放題になった。

身なりに気をつかわなくなった兄貴は、まるで廃人のようだった。

口数は少なくなり、時折ひとり言なのか訳のわからない言葉を発するようになり、それがきっかけで、高校に通うことができなくなった。

結局、高校を辞めて家に引きこもりがちになり、家から出る機会はほぼなくなった。

そんな生活の中で、兄貴には一つだけ楽しみがあった。

インターネットだ。

兄貴は、自宅のノートパソコンでネットサーフィンに明け暮れた。

インターネットだけが、兄貴が自由に生きられる世界だったに違いない。

ネットにハマった兄貴は、昼夜問わずパソコンの前に座りキーボードを叩いた。

SNSサイトで誰かとやりとりをはじめてからは、ほんの少しだけ変わった。

時期的には、俺が高校に入学してしばらくたったころからだろう。

変わったといっても、いいほうに変わったのかと聞かれれば、『はい』とは言いきれない。

兄貴は何かの目標を達成するために動いているような気がした。

目をギラギラと輝かせてパソコンを食い入るように見つめるその姿は、どこか異常だったから……。

ある日、兄貴の家を訪れると部屋に兄貴の姿はなかった。

コンビニにでも出かけたんだろうか。

不思議に思いながらも、ローテーブルの上に置いてあったノートパソコンに目がいった。

勝手に見てはいけない。

わかっていたはずなのに、自分を止められなかった。

スクリーンセーバーが働いているのか、パソコンの画面は真っ暗だ。

マウスをスッと動かして自分の目を疑った。

【五十嵐翔　殺す殺す殺す殺す殺す殺す殺す】

その文字で、すべての画面が埋まっていた。

俺はパソコンを勢いよく閉めて立ち上がると、兄貴の家をそっとあとにした。

兄貴が……壊れかけている……。

パソコンの画面を思い出すと、いまだにドクドクと激しく鳴る鼓動。

五十嵐……翔……殺す……？

五十嵐翔って、いったい何者だ……？

その日を境に、俺は五十嵐翔という人物を調べることにした。

五十嵐翔が島田の兄貴の妹を自殺未遂に追いやった張本人だということは、すぐにわかった。

中学時代、五十嵐兄貴の妹に執拗なまでのストーカー行為におよび、彼女を追い詰めて自殺未遂に追いやった。

妹は助かったものの精神を病み、兄貴は廃人と化し、家族は離散した。

そんな極悪非道な男が、まさか同じ高校で隣のクラスにいるとは思わなかった。

温厚で人当たりのいい五十嵐は男女問わず人気で、過去にストーカー行為をしていたなんて信じられなかった。

それから奴を調べ上げていくうちに、鈴森莉乃の彼氏だということがわかった。

入学当時から俺は鈴森が好きだった。

あいつは校内でも人気で、入学式には鈴森見たさに、教室の廊下に男子生徒たちの列ができたほどだった。

まさか鈴森が五十嵐と付き合っていたなんて……。

このままだと鈴森まで五十嵐に……。

そんな時、俺は偶然にも鈴森と知り合うきっかけを持った。

それから、鈴森は誰かからストーカーされることになる。

「……莉乃、待ってろよ。俺が莉乃のストーカーをやっつけるから。俺がお前のことを守ってやるから」

「テメェ、なに言ってんだ‼　お前がストーカーだろうが‼」

「莉乃、俺だけの莉乃……。早く抱きしめたい……。莉乃、莉乃……莉乃……」

うわごとのように呟く五十嵐に一瞬ひるんだ時、

「……莉乃、今すぐ行くから。待ってて」

五十嵐の目が怪しく光った。

次の瞬間、ナイフの柄《え》を両手で掴んでこちらに突進してきた。

これが最後のチャンスだ。

これをかわせなければ、もうおしまいだ。

俺は足を踏ん張り重心を低くした。

そして、両手で五十嵐の手首めがけて手を伸ばす。

「……このぉぉぉぉ‼　離せぇぇぇぇっぇぇぇぇ‼」

よし！　うまくいった‼

両手を掴まれた五十嵐は、怒り狂った声を上げて俺の手を振り払おうとする。

力がかかったせいか、腹部から流れる血がさらに増えたようだ。

俺は痛みに顔を歪めながらも、五十嵐からナイフを取り上げようと必死になる。

「ナイフを……離せ……‼　今なら、まだ間に合う……」

「間に合うわけ……ないだろう‼」

五十嵐の怒号と同時に、ふっと奴の手から力が抜けた。

ナイフが奴の手から離れて、俺はとっさにナイフの柄を握りしめた。

ナイフの柄は血でツルツルと滑る。

遠くへ投げ捨てようとするものの、五十嵐がそれを阻《はば》む。

「返せぇぇぇぇっぇぇぇ‼」

「おい、やめろ‼」

俺が制止すると、五十嵐は体ごとこちらに突進してきた。

ナイフが五十嵐の胸部に突き刺さる。

肉にナイフが刺さる感触が手のひらに伝わり、喉の奥から吐き気が起こる。

「あぁぁぁ……うぅぅぅぅ……」

充血した目を見開き声にならない声を上げる五十嵐は、音を立ててその場に勢いよく倒れ込んだ。

でも、まだ息はある。

「みうらぁぁぁ……殺してやる……殺してやる……」

しかも、いまだに奴の執念は途絶えていない。

屋上から逃げた鈴森は安全な場所に避難しただろうか……？

屋上へ来た時の尋常ではない怯え方が気にかかる。

俺が刺された瞬間を目の当たりにした時も、パニックに陥り髪をかきむしっていた。

鈴森のあの目……まるで島田の兄貴のようだった。

人間なのに、人間ではないかのような何も色を持たない目。

俺は痛む腹部を押さえて、倒れている五十嵐へ手を伸ばした。

「殺してやる……殺して……やる……」

制服のズボンをまさぐる俺を、鬼のような形相で睨みつける五十嵐。

……あった……。

俺は奴のズボンからスマホを取り出すと、痛みをこらえながら屋上の扉に向かって歩き出した。

「くそ……。血が止まらねぇ……」

ドアノブに手をかけてノブを回そうとしても、血で濡れているせいでツルツルと滑ってしまう。

出血量が増えているせいか、意識がもうろうとしてきた。

俺は仕方なくその場に座り込み、五十嵐の様子を確認する。

いまだ倒れたまま動くことができず、痛みに体を丸めることしかできない五十嵐。

このままなら、しばらくは安心だ。

五十嵐のスマホを指でタップして、鈴森の電話番号を探す。
「ハァハァ……頼む……無事でいてくれ……」
祈るようにスマホを耳に当てると、呼び出し音が流れた。
一回……二回……こんなに待ち遠しいのは初めてだ。
三回目の呼び出し音ののち、「……もしもし」というくぐもった声が耳に届いた。
「鈴森か……⁉　大丈夫か……⁉」
《翔……？　翔……なの？》
「違う‼　俺は三浦だ‼　今どこにいる⁉」
途切れ途切れの声からは、まるで生気が感じられない。
五十嵐から逃げきれたことで緊張の糸が解けたからだろうか……？
まるで操り人形のように、誰かに言わされているかのようにさえ感じる。
……誰かに言わされている……？
《莉乃……あたし、代わるよ？》
《桜……ありがとう》
桜……？
まさか……。
そうか……。そうだ……。俺は大きな間違いを犯していたんだ……。

頭の中が真っ白になり、鼓動が速くなる。
《……もしもし、三浦くん？　あたし、莉乃の友達です。莉乃はしゃべれる様子じゃないので、あたしが代わりに話を聞きます》
「どうして……俺が三浦だってわかった？　このスマホは……五十嵐のものだ‼」
《そんな興奮しないで。莉乃に聞こえるでしょ》
声の主は突き放すように言うと、ため息交じりにこう言った。
《ねぇ、三浦くん。あたし、あなたに一度もお礼を言ってなかったわね？　今回は、どうもありがとう》
「礼だと……？」
《あなたの存在のおかげで全部がうまくいったの》
満足げにそう言うと、声の主はふふっと笑った。
そして、こう告げた。
《三浦くん、あたしの名前は市川桜よ。白石好未じゃない》
やっぱりそうだ。
恐れていたことが現実になった……。
俺は間違いを犯していたんだ……。
最悪のシナリオどおりになったと気づいた瞬間、全身の力が抜けた。

すべての真実

【三浦玲央side】

《あたしのことといろいろと調べてたらしいわね。島田くんに聞いたわ》

「やっぱりお前か……。島田の兄貴とSNSで連絡を取り合ってたのは……」

《そうよ。彼ってば、五十嵐翔に復讐《ふくしゅう》できるって言ったら、今回の話にすぐに乗ってくれたのよ。自殺しちゃったのは予想外だったけど、仕方がないわね》

「仕方がない……⁉　ふざけんな‼」

怒鳴りつけると腹部の傷がズキンッと痛む。

「すべての黒幕は……市川……お前だったんだな……？」

《黒幕だなんて言い方、心外よ。あたしはただ、莉乃のためを思っただけよ》

「鈴森のため……？」

『そう。五十嵐翔っていうとんでもないストーカー男と、白石好未っていう人の男に色目を使って莉乃を傷つけるバカ女と、あなたっていう邪魔者を莉乃から守るためには仕方がなかったのよ》

「鈴森を守る……？　お前、何を言ってるんだ……」
　もっともらしく話す市川に首をかしげる。
《莉乃はね、あたしのすべてなの。中学時代、孤独だったあたしを救ってくれた唯一の存在。だから、今度はあたしが莉乃に恩返しする番。あたし、莉乃のためだったらなんだってするわ》
「お前がしてきたことは鈴森のためになんてならない‼」
《別に、あなたに理解してもらおうなんて思ってないわ》
「鈴森は今どこにいる⁉」
《莉乃は保健室よ。疲れているんでしょうね……。ぐっすり眠ったわ》
　市川は保健室を出たに違いない。
　電話口の声が、さっきよりも響いているような気がする。
《三浦くん、今屋上にいるんでしょ……？　こんな電話をかけてこられたっていうことは、無事だったってこと？》
「全部お見通しってわけか……」
《だいたいの話は莉乃に聞いたわ。莉乃もパニックになっていたし、詳しいことはわからないけど》
「ストーカーの正体は……お前だな……？」

《まぁ、結論から言うとそうなるわね。だけど、すべては莉乃のためなのよ》

俺が尋ねると、市川は淡々とした口調で悪気もなくそう答えた。

やっぱりそうだ……。

教材室での出来事が悔やまれる。

あの時、俺は致命的なミスを犯していたのだ……。

鈴森から露骨に避けられていた俺は、自分がストーカーではないという誤解を解くために鈴森を教材室へ連れ込んだ。

そして、鈴森に伝えようとした。

お前と一番仲のいい友達に気をつけたほうがいいと。

鈴森はいつも二人の友達と一緒に行動していた。

一人は派手そうな茶髪のロングヘアの女。

そして、もう一人は菊人形のような真っ黒な髪の女。

茶髪のロングヘアの女と鈴森は一緒にいても、なんら不思議ではない。

けれど、もう一人の黒髪の女はどう考えても鈴森やもう一人の女とは一線を画していた。

黒髪の女からは、どこかジメッとした陰湿な雰囲気が伝わってくるようだった。

いつもピタリと張りつくように鈴森のそばにいた女。

けれど、鈴森は茶髪ロングの女と同様に黒髪の女とも親しげにしていた。

廊下ですれ違う時はいつも黒髪の女と一緒にいるし、むしろ茶髪ロングの友達と一緒にいる時よりも黒髪の女といる時のほうが楽しそうだった。

鈴森と本当に仲がいいのは、黒髪のほうだったのか。

見た目だけで判断した俺が間違っていたのかもしれない。

そんなふうに思いはじめていた時、俺は偶然ある現場を目撃した。

黒髪の女と島田の兄貴が一緒に歩いているところを見つけてしまった。

その時、背筋がスーッと寒くなった。

その女が島田の兄貴と接触を持ち、兄貴をマインドコントロールして五十嵐翔への復讐を遂行させようとしている……と悟ったからだ。

SNSで頻繁に接触している相手も、あの黒髪の女だ。

その理由はわからない。

けれど、あの黒髪の女にどこか狂気じみたものを覚えて、鈴森にもしものことがあってはいけないと思い忠告することに決めた。

『つーか、お前の仲のいい友達……』

俺は、黒髪の女の顔こそ知っていたものの名前は知らなかった。

『……好未のこと？　白石好未……』

だから、簡単に信じてしまった。

あの黒髪女が白石好未であると……。

あの時、どうして鈴森が仲のいい友達に白石をあげたのかはわからない。

『白石か。一つだけ忠告しておく。白石とは深く関わらないほうがいい』

『好未と……？』

けれど、俺は『市川桜』に気をつけろ、と忠告すべきだったはずなのに、『白石好未』に気をつけろと言ってしまったことになる。

そのことで、もしも最悪な方向に話が進んでいたとしたら……。

くそっ……いてぇ……。

刺された傷は深いようだ。

あまりの痛みに顔をしかめながら、左手にスマホを持ち替えて耳に当てる。

今すぐ止血をしないと、あまり長くは持たない気がする。

「お前……島田の兄貴に何をしたんだ……!!」

《五十嵐翔に復讐したい島田くんと、五十嵐翔を莉乃から引き離したいあたし。二人の利害関係ははっきりしてたのよ。だから、島田くんはあたしに協力してくれた》

「お前……まさか……島田の兄貴に鈴森を……」

《たしかに、あたしが島田くんに莉乃のスマホにメッセージや電話をするように指示を出したわ。莉乃の家のポストに用意した手紙を投函させたり、家の前まで行って電話をかけさせたりもした。だけど、本当に誤解しないで？　全部全部、莉乃のためだから》

「ふざけんな……‼　兄貴を利用して自殺にまで追い込みやがって……！」

《島田くんが自殺したのは、あたしには関係ないことよ。それに島田くんも、もうすぐ浮かばれるじゃない》

「何……？」

その言葉に首をかしげると同時に、屋上の扉が勢いよく開いた。

「……い、市川桜……」

ど、どうしてここに……？

目の前に立っている人物に驚き、目を見開く。

「初めまして、とでも言ったほうがいいかしら？」

長い前髪の間からニッと笑うその表情は、今まで見た誰よりも恐ろしいものだった。

市川は倒れている五十嵐に視線を向け、クスッと笑う。

「あらあら。翔くんってばあんなところに倒れて。だけど、まだ動いているし息はあるみたいね」

「どうして……ここへ来た……」

「あなたたちの様子を見にきたのよ」

「俺たちの……様子を？」

「そう。だけど、三浦くんも相当重傷ね？　顔が青ざめてるわよ？　早く止血しないと、死んじゃうかもしれないわ」

心底楽しそうに言う市川に怒りが込み上げる。

けれど、声を荒らげる力は俺には残っていなかった。

今すぐ立ち上がり市川を殴り倒してやりたいのに、今の俺は睨みつけることしかできない。

全身がブルブルと震えて、歯がガチガチと鳴る。

「島田くんも天国でさぞ喜んでいるでしょうね。島田くんの後輩でもあるあなたが、五十嵐翔にとどめを刺すことになるかもしれないんだから」

「とどめ……？」

なんだ……。

背筋に冷たい物が走る。

空気が明らかに変わった。頭の中に警報音が鳴り響く。

「逆に、とどめを刺されるかもしれないけど」

市川のひどく冷たい声が頭上から降ってくる。

ふと、五十嵐のいるほうに視線を向けると、倒れていたはずの五十嵐が立ち上がっていた。

その手には、胸から引き抜いたであろう血に濡《ぬ》れたナイフが握られている。

五十嵐が一歩踏み出した。

ドクンと心臓が鳴る。

「島田くんの敵討ち、お願いね？　きっと天国で三浦くんを応援しているはずだから。頑張って！」

目を見開いて市川を見ると、市川は満足そうに言った。

「……なぁ……」

「何？」

「島田の兄貴は……本当に自殺だったのか……？　もしかして……お前が……」

そう尋ねると、市川は口元に笑みを浮かべたまま何も答えなかった。

「それがお前の答えか……？」

俺はそう呟くと、痛む腹部を押さえて最後の力を振り絞り立ち上がった。

「邪魔な奴は徹底的に排除する……。それがお前のやり方か……」

「ふふっ。そうね。莉乃とあたしの関係に割り込める人なんていないのよ」

「くそっ、このサイコパス野郎……！　絶対に許さねぇ……」

歯を食いしばって市川に向かっていこうとした時、ふと遠くのほうから徐々に近づいてくる救急車のサイレンの音が耳に届いた。

「あらっ。よかったわね、三浦くん。これで助かるかもしれないわ‼」

市川ははしゃいだように言うと、屋上の扉を開けた。

そして、握りしめていた何かを指先でつまんでヒラヒラと揺らした。

……ま、まさか……。

そんな……嘘だろ……。

ドクンッと心臓が不快な音を立てる。

銀色の何かが太陽の光に反射する。

「……でもね」

振り返ると、ナイフを持った五十嵐がすぐそばまで来ていた。

「……殺してやる。殺してやる。殺してやる。殺してやる」

五十嵐の目には俺しか映っていない。

市川はうつむき、肩を震わせる。

泣いているのか……？

今度はいったいなんだ……。

「……アンタたちは、仲よくここで死ぬの」

市川が顔を上げた時、ハッとする。

違う！　泣いていたんじゃない。笑っていたんだ……‼

長く真っ黒な前髪の間から覗く狂気に満ちた目。

あぁ、そうだ……。

その時、思い出した。

五十嵐に強引に手を引っ張られるようにして廊下を歩いていた鈴森を、引き止められなかった今朝。

騒ぎがあったと思われる教室を覗くと、黒髪の女がうつむいて肩を震わせて泣いていた。

いや、違う。今朝も、泣いてはいなかった。

そうだ。あの時も笑っていたんだ……。

「ま、待て‼」

慌てて扉に手を伸ばすも、すんでのところでバタンッと閉じられてしまった。

そのすぐあとに、ガシャンッとカギの閉まる音がした。

嘘だろ……。

まさか……そんな……‼

「市川‼　くそっ、開けろ‼」

バンバンッとありったけの力で扉を叩くものの、扉はビクともしない。

頭がクラクラして、その場に座り込む。

くそっ……体が動かない。

「みうらぁぁぁぁ――‼　殺す殺す殺す殺す殺す……‼」

背後から聞こえる絶叫に振り返ると、胸から血を流し目を血走らせた五十嵐がすぐそこに迫っていた。

もう、おしまいだ……。

すべての黒幕は市川桜だった。

それに気づかずに、俺はストーカーを五十嵐翔だと決めつけていた。

勝手な先入観のせいでストーカーは五十嵐だと信じて疑わなかった。

もしかしたら、それも市川桜の作戦だったのかもしれない。

なぁ……鈴森？

お前の心からの笑顔……一度でいいから俺だけに向けてほしかった。

できることならば、もう一度心から『好き』だと伝えたかった。

……お前にストーカーだと疑われて、結構ショックだったんだからな。

「死ねぇぇぇぇぇぇ……‼」

とうとう俺の前までやってきた五十嵐は、ナイフを両手に持ち直して振り上げた。

くそっ……。意識が遠のきかけた時、目に浮かんだのは鈴森の笑顔だった。

ごめんな。

俺、お前に何もしてやれなかったな……。

五十嵐の振り上げたナイフが、スローモーションのように自分めがけて降ってくる。

あぁ、ここまでか。

島田の兄貴……ごめんな。

敵討ちするどころか……逆にやられちまうなんてな……。

腹部の痛みが限界に達し、俺は目を閉じた。

アリ地獄

【市川桜side】

「ふんふんふ〜ん」

屋上のカギをくるくる回しながら、鼻歌交じりに階段をおりる。

スキップしたくなるくらい気分がいい。

終わってしまえば、案外あっけないものだった。

五十嵐翔も、三浦玲央も、白石好未も島田くんも。

こうなったのも、全部あいつらが悪いんだ。

莉乃とあたしの間に割って入ろうとしたんだから。

あぁ、でも島田くんは例外だ。島田くんはあたしの協力者なんだから。

けれど、彼には感謝してほしいぐらい。

だって、五十嵐翔に復讐できるチャンスを与えてあげたんだから。

高校へ入学すると、莉乃には五十嵐翔という彼氏ができた。

それから、あたしと莉乃の関係は少しずつ変化していく。

放課後、毎日あたしと帰宅していた莉乃は、いつからか彼氏を選ぶようになった。

我慢できなくなったあたしは、二人を別れさせようと五十嵐翔の過去を探るようになった。

そして、意外な事実を知ることになる。

五十嵐翔は以前、元カノをストーカーし、自殺未遂にまで追い込んだことがあった。

それを知り、笑いが止まらなかった。

完璧そうに見えるあの男の仮面の下には、恐ろしい裏の顔がある。

そこから、SNSで元カノの兄である島田くんを調べ上げてコンタクトを取った。

精神的に追い詰められ、ネット廃人のようになっていた島田くんを言いくるめるのはたやすいことだった。

あたしは島田くんと交流を深め、その時が来るのを待つことにした。

高二になると、五十嵐翔だけでなく白石好未までもが、あたしと莉乃の間に割り込んでくるようになった。

したたかなあの女に、莉乃が傷つけられるのは目に見えていた。

何度も莉乃にはあの女の悪い部分を忠告したのに、優しい莉乃は『好未はそんな子じゃないよ』と軽く流して真剣に受け止めてくれなかった。

うっぷんが溜まって爆発しかけていた時、三浦玲央と莉乃が接触したことを知った。

ようやく、その時が来たのだと思った。

三浦玲央をストーカーに仕立て上げ、莉乃を混乱させる。

そして、そのストーカー事件をきっかけに五十嵐翔と好未を莉乃から引き離す。

そうすれば、再び莉乃はあたしだけのものになる。

莉乃をあたしだけのものにするためには、手段を選んでなどいられなかった。

莉乃へのメールや電話は、すべて島田くんのスマホから送信してもらった。

彼に爪をもらい、手紙も用意した。

相手が男だと思えるような文面にするのは、とても苦労したけれど、それを赤い封筒に入れて島田くんに渡し、ポストに投函してもらった。

最初、島田くんにはどうして五十嵐翔ではなくその彼女へこのような嫌がらせをする必要があるのか聞かれたけれど、適当に理由を作って話すと彼はすぐに納得した。

もうその時には、彼はあたしの支配下にいた。

あたしが右を向けば彼も右を向く。

あたしが左を向けば彼も左を向く。

一心同体のようなもの。

言葉なんてものはもう必要なかった。

彼は忠実にあたしの命令を実行した。

すべては五十嵐翔に復讐するという目的のためだけに……。

けれど、意外なところであたしの計画を邪魔しようとする人間が現れた。

三浦玲央だ。

莉乃と一緒にいる時、廊下ですれ違うたび、彼はジッとあたしに疑うような視線を向けた。

三浦くんが島田くんの後輩であることは以前から知っていたけれど、三浦くんはあたしと島田くんが繋がっていることを知らないはずだった。

それなのに、どうして彼はあたしを見るのだろう……。

彼を警戒しておいたほうがいいかもしれない。

あたしは三浦くんの行動をつねにチェックするようになった。

この計画を成功させるためには、莉乃にストーカーの正体があたしだとバレるわけにはいかなかった。

だから、たくさんの嘘もついた。

そう。莉乃の家へ行った時も……。

部屋へあがり、あたしは大げさに怯えてみせた。

犬のマロンを監視するカメラが動いたと嘘をついたのだ。

莉乃を怖がらせてしまったのは心が痛かったけれど、これで五十嵐翔もストーカーの可能性があると莉乃に強く印象づけられたと思った。

でも、あの日、莉乃はファミレスで意外なことを話しはじめた。

『それとね、三浦くんに言われたの。白石好未に気をつけろって』

『三浦くんがそんなことを?』

三浦くんが好未を疑っていたなんて意外だった。

だけど、その話には続きがあった。

『そう。あたしと仲のいい友達には気をつけたほうがいいって言われたから、好未のこと?って聞いたんだ。そしたら、そうだって』

『莉乃と仲のいい友達って、三浦くん、たしかにそう言っていたの?』

『うん。でも三浦くんの感じからして、顔は知っているけど名前は知らないみたいだった』

まずい。

一瞬、顔から血の気が引いた。

三浦くんが疑っているのは好未ではなく、間違いなくあたしだ。

今はあたしを『白石好未』だと思い込んでいるけれど、気づくのも時間の問題だ。

あたしは急きょ計画を急ぐことにした。

ファミレスでトイレに抜けた間に島田くんを近くの公園へと呼び出し、莉乃に会わせた。

三浦くんが好未に気をつけたほうがいいと話してくれたおかげで、莉乃は好未に不信感を抱いていた。

これ以上にない絶好のチャンス。

島田くんはたどたどしいながらも、電話で指示したとおり中学時代に好未がどれだけの悪事を働いたのかを莉乃に話してくれた。

話を聞き終えた莉乃は、確実に好未への不信感を募らせていった。

もちろん、島田くんが好未の同級生だというのはデタラメだ。

だから、好未が島田くんをイジメられるはずもない。

親友の彼氏を寝取ったという話も、三股をかけていたというのもすべてデタラメ。

あたしの好未への勝手なイメージ。

でも以前に、『あたし中学の時、親友に彼氏を寝取られたんだよね……。しかも、その子のこと問い詰めたら逆ギレされて悪口流されてみんなにハブられた。って、桜に言ってもムダか。アンタ、恋愛経験なさそうだもんね～』とかなんとか言っていた気がしないでもない。

興味もなかったし、聞き流していたけれど。

莉乃には自分の弱みは見せず、そんなことも言わなかったみたいだけど。

好未ってホント嫌な女。

勝手にマウンティングして、自分よりもあたしを低いランクだと見下したからこそ自分の弱さを見せるんだから。

まあでも、嘘も積み重ねていけば、案外真実味を帯びるものだ。

好未の中学時代がどうであれ、あの子が莉乃の彼氏である翔くんに恋心を寄せ、奪い取るチャンスをうかがっていたのは紛《まぎ》れもない事実。

好未のような女は、莉乃の友達にはふさわしくない。

そこからは怒涛《どとう》の展開で、あたしにも予想外の出来事がめまぐるしく起こった。

けれど、結果的にはすべてが丸く収まったのだ。

今までのあたしたちを取り巻く環境は、わずかにずれていたパズルのピースを指で無理やり押し込もうとしていたようなもの。

どんなに強い力で押しても、そのパズルは絶対にはまらない。

だけど、今はきちんとパズルはできている。

ようやく完成した。

これが、元の姿だ。

すっかり遠回りしたけれど、これでようやくあたしと莉乃は二人になれる。

莉乃とあたしは一心同体だもの。

莉乃が中学時代あたしを救ってくれたように、今度はあたしが莉乃を救ってみせる。

ねぇ、莉乃？

もう大丈夫よ……？

安心して……？

莉乃にふさわしくない人間は、あたしがこれから先も徹底的に排除してあげるから。

保健室の引き戸を開け、ゆっくりとした足取りで莉乃の眠るベッドへ向かう。

保健医はおらず、保健室の中にはあたしと莉乃しかいない。

階段から落ちたらしい好未の元へ向かったんだろう。

保健室の窓の外では、駆けつけた救急隊員があわただしくタンカをおろしている。

「……莉乃？」

クリーム色のカーテンを開けると、そこには莉乃が眠っていた。

額に汗をかき、苦しそうに唸り声を上げる莉乃。

「かわいそうに……。こんなにも苦しんで……。でも、大丈夫よ？　あたしが悪いものはすべて排除したからね」

莉乃の乱れる前髪を指で整えると、莉乃がわずかに目を開けた。

「莉乃……？」

「……やめて、助けて‼」

大声で叫びハッと目を開けると、莉乃は目だけを動かしてあたりを見渡した。

髪は乱れ、目の下はくぼみ、深いクマが刻まれている。

充血した目に以前のような力はなく、見開いた目から覗く大きな黒目はしきりに左右に動く。

布団の中だというのに、全身をブルブルと震わせて何かを言いたそうに唇を動かす。

「莉乃……あたしがわかる……？」

「……地獄」

「え……？　なぁに？」

子供をあやすように優しく尋ねると、莉乃はハァハァと口で息をした。

そして、錯乱しているのか、おもむろに髪の毛を両手で掴み引っ張りはじめた。

「あぁぁあああぁぁぁぁっぁあああ‼」

莉乃……怖かったわね？

そんな声を上げる莉乃、あたしは一度だって見たことがない。

でもね、大丈夫。

気が触れた莉乃だって、あたしの親友に違いないわ。

ねぇ、莉乃？

あたしはね、どんな莉乃になったとしても一緒にいるわ。

離したりしない。

離れたりしない。

「いやあぁぁあっあぁぁぁ――――――――――――――‼」

叫び狂う莉乃だって、愛《いと》おしいのよ？

こんな莉乃を見られるのは、きっとあたしだけね。

うれしい。莉乃、あたし本当にうれしい。

あたしはにっこりと笑うと、莉乃の手をそっと掴んだ。

莉乃の指先からパラパラと髪の毛が布団に落ちる。

「こんなに抜けちゃって……。かわいそうに……」

「あっ……いやっ……あぁ……」

「莉乃、あたしよ……桜よ。わかる？」

莉乃の頭を優しく撫でると、莉乃はようやく落ちつきを取り戻した。

「……さ、桜……？　さくらぁぁあっぁぁ‼」

ようやくあたしの存在に気づくことができたのか、莉乃はボロボロと涙を流しながら必死であたしの名前を呼ぶ。

「桜……あたし怖いの……怖いの……‼　――このままじゃ、黒い穴の中に……引っ張り込まれる……‼」

「悪い夢を見たのね？」

「登ってももがいても、その穴から出られないの……。そして、最後は……穴の中から出てきた何かに……‼」

「アリ地獄の夢でも見たの……？　でも、もう大丈夫よ。……穴の中から莉乃を引っ張る人はもう誰もいないから。あたしが全部排除してあげたから。すべては莉乃のためよ」

「……本当に……？　本当なの、桜……？」

「えぇ、本当よ。だから、莉乃はもうなんの心配もしなくていいの」

「あたしが頼れるのは……桜だけ……桜だけなの……‼」

莉乃は泣きながら、あたしの手をギュッと握りしめる。

「あたしとずっと一緒にいてくれる？　お願い、桜。桜だけしかもう信用できない！」

「もちろん。あたしだけ信じて、莉乃」

そっと莉乃にほほ笑む。

心配しないで？

これから先も、ずっとあたしが莉乃のそばにいてあげるから。

どんな時でも、絶対に。

だから、今はゆっくり休んで……？

泣き疲れたのか、再び目をつぶる莉乃。

これから先も、永遠に莉乃はあたしだけのもの。

誰にも渡さない。

あなたはあたしのすべてなの。

「……莉乃、愛してる……」

女の友情はね、時に愛をも超えるのよ。

それを、あたしが証明してみせる。

莉乃が再び目を開けた。

あたしは莉乃の手を握り返しながら、すがりつくようにこちらを見つめている莉乃ににっこりと笑い返した。

特別書き下ろし番外編

あたしだけの天使

【市川桜side】

授業が終わり先生が教室を出ていくと、一気に騒がしくなる。

仲のいい友達のところへ飛んでいって、数人であーだこーだとくだらないおしゃべりに花を咲かせている女子たちを横目に教壇の上に立ち、黒板消しを手に取る。

日直なんてあってないようなもの。ほとんど機能していない。

あたしがやるというのが、今やこのクラスでは暗黙の了解になっている。

いや、中学一年の時から今まで、ずっと黒板消しはあたしの仕事だ。

『どうしてみんな手伝ってくれないの？　こんなの理不尽でしょ⁉』

と、何度も主張してきたけれど誰も取り合ってくれなかった。

それどころか、示し合わせるようにあたしは学級委員に推薦され、雑用をすべて押しつけられてしまった。

「市川ってマジでウザいよね。優等生ぶっちゃってさ」

ああ、まただ。今日もどこかで誰かがあたしの悪口を言っている。

誰もしないから仕方なくあたしが引き受けているこの仕事も、クラスメイトたちの目には『いい子ぶっている優等生』に映るらしい。

率先してみんなのために動いているのに、誰も感謝などしてくれない。

それどころか、今のように悪口を言われるなんて……。

本当は今すぐに読みかけの小説の続きを読みたい。でも、そうも言っていられない。

次の授業は口うるさい先生の数学。

黒板がキレイになっていないと不機嫌になり、数十分ほど授業時間をつぶしてお説教をするのだ。

クラスメイトたちは、そうなってもそのお説教を上の空で聞き流すだろう。

けれど、あたしは一分一秒たりとも時間を無駄にしたくない。

高校受験は来年だ。お説教タイムになってしまって損をするのは、結局は、きちんと勉強をしたいあたしだ。

苛立ちが募る。腕を伸ばして一心不乱に黒板消しを左右に動かす。

力強く消したせいで、チョークの粉がパラパラと頭の上に降り注いでくる。

「ゴホッ、ゴホッ‼」

粉を吸い込み思わずむせる。喉の奥に粉が張りついてしまったような状態になり、幾度となく乾いたセキが出て涙目になっていると、

「大丈夫？」

柔らかい声と同時に、誰かがあたしの背中を上下にさすった。

小さな手のひらのぬくもりが、じんわりと背中を通して体中に行き渡っていくのを感じる。

その声に答える余裕もなく小さくうなずくと、声の主はあたしの髪の毛や制服のブレザーについたチョークの粉を払った。

そして、あたしの顔を覗き込むように、わずかに首を傾けて上目づかいでこちらを見る茶色く澄んだ瞳。

「ありがとう。市川さんがやってくれてるから、いつも黒板がキレイなんだね」

「え……？」

「でも、一人で全部やるのは大変だよ。大変なことは分担しないと。次の時間は、あたしがやるから。本だって読みたいでしょ？」

にこりと眩しいほどの笑顔を浮かべる鈴森さんに、返す言葉が見つからない。

「あのさ……どうしてあたしが本を読みたいってわかったの？」

「え？　だって、休み時間とか昼休みに本を読んでるでしょ？　あたしも読書が好きだから市川さんの気持ちがわかるの」

「鈴森さんも本が好きなの？」

「うん。だからね、前から市川さんがなんの本を読んでるのか気になってて」

鈴森さんがほほ笑んだ瞬間、「莉乃〜！　ちょっと来て〜！」と、彼女のことをクラスの女子が呼んで手招きした。

「あ、うん！　今、行く！　今度よかったら、市川さんのお勧めの本、教えてね？」

「も、もちろん！」

「じゃあ、またね」

かわいらしい笑顔を浮かべながらヒラヒラと目の前で手を振り、仲のいいグループの女子たちがいるほうへ駆けていく鈴森さんの背中をジッと目で追う。

「ちょっと、莉乃ってば〜！　市川に近づくのやめなよ！」

グループの女子たちにそう言われても、鈴森さんは「どうして？」と不思議そうに首をかしげていた。

あたしはドクンドクンッと大きな音を立てる心臓に手を当てて、再び黒板のほうに向き直る。

なんだろう、この気持ちは。体中から湧き上がってくるこの温かい感情の名前を、あたしは知らない。

抑えられない衝動に戸惑いながら目をつぶると、教室内の喧騒《けんそう》が遠く感じた。

背中をさする小さく温かい手のひら。

あたしの髪や制服からチョークの粉を払う細く長い指先。

あたしを見上げる大きな二重の瞳。

太陽のように眩しい笑顔が自分だけに向けられていたと思うと、今にも叫び出したい気持ちになった。

鈴森さんと同じクラスになったのは、中三からだった。

小学生の時も中学生の時も、あたしはクラスで浮いている存在だった。

やることなすことすべてをクラスメイトに否定され、誰もあたしのことなんか認めてくれなかった。

存在を否定されることがどんなに苦しいことなのか、きっと否定されたことのある人にしかわからないだろう。

鈴森さんから話しかけられたのは、この先もずっと、あたしは人から疎まれる存在であり続けるのだ……と、諦めにも似た気持ちを抱いていた矢先の出来事だった。

けれど、疑う気持ちはつねに持ち合わせていた。裏切られたことは数えきれないほどある。

『次の時間は、あたしがやるから』

だから、鈴森さんのことも正直疑っていた。

もしかしたら、偽善者ぶっているだけかもしれない。

けれど、鈴森さんはきちんとその言葉を守った。

それどころか、その日から鈴森さんは率先して、あたしの黒板消しを手伝ってくれるようになった。だからといって恩着せがましいことなど言ってこない。

ただ純粋に、あたしを思いやって手伝いを続けてくれた。

『一人で全部やるのは大変だよ。大変なことは分担しないと』

その言葉は鈴森さんの本心から出たものだったのだと気づいた瞬間、あたしは鈴森さんのことを疑ってしまった自分をひどく恥じ、そしてののしった。

彼女は天使のような人だと思った。神様が孤独なあたしのためにくれた最高のプレゼント。そして、真っ暗な孤独な世界の中にいたあたしに差し込んだ一筋の光。

鈴森さんは、そっとあたしに救いの手を差し伸べてくれたのだ。

それから、あたしの頭の中は二十四時間、鈴森さんのことでいっぱいになり、彼女のことを考えると嫌なこともすべて大したことのないように思えた。


「ただいま」

玄関のドアを開け、革靴を脱いで家に入る。

リビングに入ると、母と姉が楽しそうに肩を並べてテレビを見ていた。

その横を通りすぎてキッチンへ向かうと、冷蔵庫から出したミネラルウォーターをグラスに注ぎ喉を鳴らして飲む。

母と姉はあたしの存在に気づいているはずなのに、なんの反応も見せない。

『おかえり』の、たった一言すらない。

「ねぇ、お母さん。今度一緒にマツエクつけに行かない？　つけ放題ですごく安いお店見つけたの！」

「そうなの？　いいわね！　じゃあ、来週あたり行く？　お母さん二人分の予約、取っておくわね」

「ありがとう～！　お母さんがあたしのお母さんでよかった！　ホント大好き！」

「そんなこと言って！　お母さん照れるじゃないの」

母と姉が、ソファの上でキャッキャと戯れている。

バカな人たち。

母は、たしかに若く見えるかもしれない。

けれど、年相応にあるシミやシワを、必死にコンシーラーとファンデーションで隠すように厚塗りしているのも知ってるんだから。

姉だってそう。年上とは思えないほど幼稚だ。自分の容姿に自信があるらしいけど、化粧や美容に費やす時間があるなら勉強すればいいのに。

偏差値の低い底辺高に通うことを少しは恥じてほしい。

心の中で二人をののしる。

あたしは、空になったグラスをキッチンカウンターの上に音を立てて置いた。

「ちょっ、桜、何よ！　大きい音立てて！　びっくりしたじゃない」

母が嫌悪感丸出しの瞳をこちらに向ける。

その声を無視してシンクにグラスを置き、力任せにスポンジでグラスを洗う。

「ほらっ、はじまった！　桜お得意の無視！」

姉の言葉にイラッとして、スポンジをシンクに放り投げて姉を睨みつける。

「無視して何が悪いの？　バカで幼稚で低レベルな会話に、あたしは参加したくないだけ。それのどこが悪いっていうの？」

「何よそれ。アンタってホント嫌な子」

「お姉ちゃんってさぁ、あたしにケンカ売ってきてもいつも言い返すことできないよね？　かわいそうで同情しちゃう。判断スピードが遅すぎるんじゃない？　脳みそスカスカすぎるから」

フンっと笑って再びスポンジを握ると、言い返すことのできなかった姉が悔しそうに目を見開いた。

「アンタさぁ、そんなんだからクラスで嫌われるんじゃないの？　人を見下したようなそういう態度って、みんな嫌な気持ちすると思うよ」

「……それってどういう意味？　桜、学校で何かあるの？」

姉の言葉に母が反応する。

「なんかさ、同級生から浮いてるみたい。ていうか、むしろ嫌われてる」

「そうなの……？」

「そりゃそうでしょ。今のあたしへの態度を見たってすぐにわかるじゃん。普通さ、ケンカとかしてても、これを言ったら相手を傷つけるな……とか考えて話すじゃん？でも、桜は違うもん。人を傷つけることなんてなんとも思ってない。ううん、むしろ傷つけてやろうって思ってる。陰湿だし、ホント性格悪すぎ」

姉が不快そうに吐き捨てる。

「それに、桜って外見とか気にしないところあるじゃん？　髪の毛だって真っ黒なロングでさ。なんか菊人形みたいだもん。妹ながら桜って暗くてジメッとしてて不気味だよ。あたし、桜が自分の妹だって友達に知られるの恥ずかしかったもん」

なんとでも言えばいい。

姉の言葉を無視してグラスをすすぐ。

「まぁ、桜はお父さん似だからね。顔も性格も……たしかに暗くて陰湿な感じがよく似てる。お母さんにもあなたにも似ても似つかないでしょ？　顔の造形はかわいそうだけどちょっと……ねぇ？」

「あはは！　でしょ～？　よく初対面の人に驚かれたもんね。お母さんとお姉ちゃんはキレイなのに、妹さんは……って！」

「そうそう。どうしてこうも違うのかしらね～」

グラスの水滴をふきんでキレイに拭き取り、途切れることのないあたしへの悪口から逃げるようにリビングをあとにする。

死ね死ね死ね死ね死ね死ね死ね死ね死ね死ね。

一点を見つめたまま、心の中で呪文のように繰り返しながら自分の部屋へ急ぐ。

部屋に入ると後ろ手にドアを閉めて、棚から二枚の写真と画びょうを取り出した。

顔中穴だらけの母と姉の写真。あたしは画びょうを掴み上げ、二人の顔に画びょうを突き刺す。

「死ね死ね死ね死ね死ね死ね死ね死ね」

そう繰り返しながら、一心不乱に二人の顔に画びょうを突き刺し続けた。

両親が小1のころに離婚して母と姉とあたしの3人での生活がはじまると、あたしは母と姉から虐《しいた》げられるようになった。

原因は、あたしの顔が別れた父に似ていたからだろう。

何かにつけて母は父への恨みをあたしで晴らすかのように攻撃し、それを見た姉も、母と同じようにあたしを軽んじるようになった。

たしかに母と姉は、このあたりでは有名な美人だった。スタイルも抜群で、どこへ行っても男の人が振り返る。

けれど、あたしだけは例外だった。ベースボール型ののっぺりとした輪郭に低い鼻。細くて一重の目。分厚い唇。

太ることができない体質で体は枝のように細く、色気がまったく感じられなかった。肌荒れもひどく、とくにおでこは、とてもではないけれど出せなかった。

母と姉に『ブス』と言われ続けてきたせいで容姿に自信が持てず、つねに視線は下を向き、人から顔を見られないようにするのが癖になってしまった。

学校でも家でも悪口を言われて虐げられている毎日。

でも、今は一人ではない。あたしには鈴森さんという天使ができた。

それだけが、あたしの救いだった。

そろそろ更新されたかもしれない。

画びょうを机の上に置くと、ポケットからスマホを取り出して鈴森さんのＳＮＳをチェックする。

【莉乃♪】

検索ワードから鈴森さんのSNSを特定したのは、つい最近のことだ。

ずっと探し続けてきた甲斐があった。

これで鈴森さんが何をしているのか知ることができる。

「今日は友達の家に行ってたんだ……」

数人の友達と、笑顔でピースをする鈴森さんの写真を保存する。

保存した画像は、暇があると鈴森さんの部分だけをアップにして眺め続けた。

天使のような鈴森さんのかわいさには、母も姉も太刀《たち》打ちできない。

もっともっと彼女に近づきたい。

どうしたら彼女と近づくことができるんだろう。

連絡先を知りたい。電話をしたい。声が聴きたい。彼女に触れたい。

またあたしに触れてほしい。あたしだけを見てほしい。彼女の特別な存在になりたい。彼女をひとりじめしたい。

芽生えた気持ちは日に日に強くなる。

けれど、どうやって彼女に近づけばいいのかわからない。

悶々とした毎日が過ぎていく。

もう中3だ。このままあまり話す機会もなく卒業してしまえば、彼女との接点は途切れてしまうかもしれない。

そんなの嫌だ。どうにかして鈴森さんとの距離を縮めたい。

「莉乃……ふふっ、なんか下の名前で呼ぶのって恥ずかしいな」

スマホの画面に映る鈴森さんの笑顔を指でそっと撫でると、彼女の笑顔が一層輝いた気がした。


鈴森さんと過ごす学校生活は、あたしにとってとても貴重なものだった。

それなのに、突然流行性の病にかかってしまったあたしは、一週間も学校を休む羽目になってしまった。

言葉を交わしたり目を合わせたりしなくても、教室の中にいれば彼女の存在を肌で感じることができた。彼女が横を通ると柔軟剤の甘い香りがしたし、友達と笑い合うかわいらしい声も、あたしにとって幸せを感じさせるものだった。

一週間がとにかく長く感じられた。彼女のSNSは毎日チェックしたけれど、画面の中でしか鈴森さんを感じられないのは苦痛でしかない。

毎日お世話をしている教室のカメの水槽も、ひどいことになっているのが容易に想像できる。

そして待ちに待った週明け、あたしは登校して驚いた。

カメの水槽がキレイに磨かれていたのだ。誰がやってくれたんだろう……？

その時、いつも鈴森さんと一緒にいる女子たちがあたしの元へやってきた。

「カメの掃除、今日からアンタが毎日やんなさいよ。あれ、臭くてたまんないし。アンタが休んでる間、莉乃がやってくれてたんだから感謝しなよね！」

「鈴森さんが？」

思わず声が震えてしまった。まさか鈴森さんが……。

「一週間も休みやがって。教室も汚くなってるし、ちゃんと掃除してよ」

「そうだよ。つーか、うちらに病気うつすなよ！　マスクしろよ！」

「キモッ！　もう行こ！」

彼女たちの罵詈雑言《ばりぞうごん》が、右の耳から左の耳へ通り抜けていく。

鈴森さんがカメの水槽の掃除をしてくれていたなんて、思ってもみなかった。

あたしが困っていても手を差し伸べてくれる人なんて誰もいないと思っていたけど、違った。

やっぱり鈴森さんだけは違う。彼女だけは、あたしに救いの手を差し伸べてくれる。

この日は一日、落ちつかない気分だった。

鈴森さんにお礼を言いたいのに、なかなかタイミングが掴めない。

さらに数日がたち、ますます声をかけるタイミングを逃してしまった。

どうすれば彼女に近づけるんだろう。どうしたら……。

そんなことばかり悶々と考えていたある日、あたしはあることに気がついた。

鈴森さんとの共通点はカメだ。

その時、ふいにあるアイデアが浮かんだ。

この日は、鈴森さんが日直だった。日直は、放課後になると日誌を職員室へ持っていく。

『今日、あたし日直だから先に帰ってね』

鈴森さんが友達にそう告げているのも目撃した。

やるなら今日しかない。

決意を固めたあたしは、休み時間、いつものようにカメの水槽を掃除した。そして、わざと水槽に水を入れず、日の当たる窓際に置いて数時間放置した。

放課後になって水槽に水を入れたものの、予想どおりカメはぐったりとし、明らかな脱水症状に陥っていた。急いで生物の先生にカメを頼み、教室に戻る。

そろそろ鈴森さんが職員室から教室に戻ってくるころだろう。

時計を確認してから、水槽の前で今か今かと期待に胸を膨らませながら待つ。

『あっ、市川さん……まだ帰らないの？』

予定どおりだった。

鈴森さんはカメの水槽に目をやると、困惑した表情であたしを見つめた。

『あれ……？　カメは……？』

『覗いたらぐったりしてたの。だから、生物の先生のところに連れていった』

『嘘……。この間まではすごく元気だったのに……』

優しい鈴森さんは、眉をへの字にして困惑したように呟く。

『あたしが……ずっと休んでたから……。だからだ……。あたしのせいで病気になっちゃった……！』

あたしは声を上げて涙を流す。我ながら迫真の演技だった。

『カメってね、汚い水を飲むと脱水症状になっちゃうんだって。きっとそれで……。』

あたしが掃除してあげなかったから……』

『市川さん……、ごめんね。あたしも手伝えばよかったね。本当にごめん……』

鈴森さんは謝ると、あたしの震える手をギュッと両手で握り締めた。

柔らかくて温かい手のひらに包み込まれて、今にも叫び出してしまいそうになるのを堪える。

やっぱりあたしの天使だ。この手をずっと離したくなどない。

あたしだけのものにしたい。

『大丈夫。大丈夫だから……』

必死にあたしを励まそうとしてくれている鈴森さんと目が合った瞬間、息が止まりそうになった。

言葉にしなくても通じ合った気がした。

鈴森さんも、あたしと同じ気持ちでいてくれているんだ。

ああ、なんて幸せなんだろう。神様、ありがとうございます。

鈴森さんをあたしにくれてありがとう。

『鈴森さん……ありがとう』

鈴森さんにほほ笑むと、再び幸せが体中に広がり涙が零れた。

嗚咽交じりに泣くあたしの背中を、鈴森さんは必死にさする。

彼女はあたしの天使だ。

他の誰かには絶対に渡さない。例えどんな手を使ってでも、あたしは彼女の一番そばにいる。

きっと鈴森さんにとっても、それが一番の幸せだろう。

あたしにこれ以上ない幸せをくれた鈴森さんに、今度はあたしが、できる限りの恩返しをしなくてはならない。

この日から、あたしは鈴森さんがどうしたら幸せになれるのかだけを考えて生きることにした。

『ねぇ、莉乃って志望校どこにするの〜?』

鈴森さんがどこの高校を受験しようとしているのかは、事前に友達との会話を盗み聞きして知った。

だから、あたしも鈴森さんと同じ高校を受験することに決めた。

担任の先生からは、もっと上の学校を狙えるのにもったいないと残念がられたけれど、あたしにとって何より大切なのは鈴森さんと同じ学校に進学し、彼女のそばにいてあげることだった。

『鈴森さんが受けようと思ってる高校の対策用のプリントがあるんだけど、いる?』

『えっ? いいの? でも、どうしてあたしの志望校を知ってたの?』

鈴森さんが一人でいるタイミングを見計らい声をかける。

『あっ、えっと……』

『あっ、いいのいいの! この時期になると、誰がどこ受けるとかそういう噂って回るもんね。そうだ! 市川さんじゃなくて桜って呼んでもいい? あたしのことも莉乃でいいからね』

『うん。じゃあ、莉乃……って呼ぶね。あとでプリントをコピーして持っていくね』

『ありがとう、桜!』

莉乃の笑顔に心が震えた。なんてかわいい笑顔なんだろう。

それからは、莉乃があたしと同じ高校に合格できるよう必死にサポートした。

莉乃が目指していた学校の模試では、あたしはつねにA判定だった。

ランクを落としたため、受験勉強などもうあたしには必要ない。

莉乃をうまく合格させられれば、あたしは高校も莉乃と同じところに行ける。

『あたし、桜と同じ高校目指そうかな〜』

必死に勉強を教えると、莉乃は合格圏内まで学力を伸ばした。

『莉乃なら大丈夫だよ！　絶対に合格できるから』

何度もそう繰り返すことで莉乃もその気になった。

そして莉乃は、あたしの思いどおりの行動をとってくれるようになった。

しかも、今まで仲のよかった子たちが『市川ウザくない？』と言うと、『桜の悪口はやめて』と反論までしてくれるようになったのだ。

『市川桜としゃべってて楽しい？』

と呆れたように笑われても、莉乃は『楽しいよ』と答えてくれる。

莉乃の中で、あたしの存在がどんどん大きくなっていくのを感じてうれしくなる。

このまま莉乃の頭の中が、あたしだけでいっぱいになればいいのに。

放課後は莉乃に図書室で勉強を教え、家に帰ると莉乃用の問題プリントを作る。

すべてが莉乃のため。莉乃が幸せになるため。

睡眠時間を削ったとしても、あたしは莉乃のためならなんだってする。

莉乃だって、あたしと一緒にいて幸せを感じてくれているに違いない。

もう、あたしと莉乃は一心同体だ。


それから数日後、機嫌よく家に帰った時のことだった。

「桜、アンタなんか最近いいことでもあったんでしょ？　やたら機嫌いいし、SNSを見てニヤニヤしてるもんね。もしかして芸能人でも好きになったの？　もしそうならマジでキモいんだけど』

家のソファでくつろぐ姉に嫌味を言われる。

「芸能人に恋なんてしてないし。それに何やってようと、あたしの勝手でしょ？」

「アンタってホント気持ち悪い子。で、誰かに恋でもしたわけ？　あっ、でも両思いは無理か。アンタの見た目じゃね……？」

ケラケラと笑う姉を睨みつける。

「莉乃へのあたしの気持ちは、恋なんて言葉じゃ表現しきれないから」

あたしの言葉に、姉はぽかんとだらしなく口を開ける。

「……ハァ？　アンタ、女の子に恋してんの⁉」

「やめて！　そんな下品なこと言わないで」

「ていうか、まさかとは思うけど……もしかして、その莉乃って子のSNSとか覗いてニヤついてんの？」

姉が嫌悪感丸出しの瞳であたしを見つめる。

何も答えずに黙っていると、姉は顔を歪めた。

「その反応って、マジなわけ？　その子の家の前とかうろついたりしてないよね？」

「休みの日に自転車があるかとか家にいるかのチェックはするけど？　夜はカーテン越しにライトがついてるのを見て、ちゃんと勉強してるんだなってホッとするの。莉乃には頑張ってもらって、あたしと同じ高校に行ってもらわないと困るから」

「ハァ……？　何それ」

「全部、莉乃のためなの。莉乃が幸せになるため。だって莉乃はあたしの天使だから、あたしが手を貸して莉乃を幸せに導いてあげるの」

「そんなのアンタの一方的なエゴじゃん！　相手はアンタにそんなこと望んでないし、迷惑してるって！　どうしてそんな簡単なこともわかんないわけ？　どんなに頭よくたって、そんなこともわからないんじゃ人間としてヤバいから！」

「莉乃とあたしの関係も知らないくせに、知ったようなこと言わないで。友情は時に愛をも超えるの」

「マジでホント気持ち悪いんだけど！　その莉乃って子も迷惑だって！　アンタ、それじゃストーカーじゃん！　今すぐ病院行きなって！　前からヤバい子だと思ってたけど、本物だわ‼　アンタみたいなのをサイコパスっていうんだっけ？　うーわ‼　キモッ！　マジ早くあっち行って！　顔も見たくない！」

姉は、しっしと手であたしを追い払う仕草を見せる。

チッ。あたしと莉乃の関係をひがむなんて、ホントかわいそうな人間だわ。

顔がちょっといいからってだけで得意げになって、妹にまでマウンティングしてくるんだから本当にどうしようもない。

部屋に入ると、あたしはスマホをタップしてSNSを開く。

最近は莉乃のSNSの更新がめっきり減った。ほとんど投稿していない月もある。

受験勉強を頑張っているだけでなく、あたし以外の人間との交流が減っているせいかもしれない。

「それでいいの、莉乃。まわりにいる友達は莉乃に悪影響しかないもの」

莉乃のまわりにいる友達は、あたしにとっても邪魔者だ。莉乃の幸せのためにはまわりにいる邪魔者は徹底的に排除しなくてはならない。

莉乃の幸せが今のあたしの幸せだ。莉乃とあたしは一心同体。

あたしは、ずっと莉乃と一緒にいるからね。

スマホに保存してある莉乃の笑顔の写真が画面にアップになる。

「莉乃、愛してる」

莉乃だって、きっと同じ気持ちでいるに違いない。

あたしは莉乃を抱きしめるかのように、莉乃が笑顔で映るスマホをギュッと胸に抱きしめた。

新たな一歩

【三浦玲央side】


薄っすらと瞼を開くと、眩しい光が視界に飛び込んでくる。

頭にぼんやりとモヤがかかったかのように白くかすみ、何も考えられない。

目を左右に動かしてみると、やってきた誰かが『三浦さん！　三浦さん！』と俺の耳元で名前を呼ぶ。

『三浦さん、わかりますか？』

白い服を着た女性が必死に俺に声をかける。

『意識が戻りそう！　先生を呼んできて！』という女性の声のあと、俺は再び重たい瞼を閉じた。

「アンタって子は！　こんなケガして！」

意識がはっきりした時、視界に飛び込んできたのは大粒の涙を流す母親と、ホッとしたような表情を浮かべる父親の姿だった。

それからは怒涛《どとう》の日々だった。

入院中、こと細かに警察に事情聴取をされ、五十嵐翔と何があったのかを聞かれた。

五十嵐は今も入院中で、意識はあるものの精神的に不安定で会話らしい会話はできないらしい。

二週間後、退院した俺は翌日から学校へ通うことになった。

入院中も考えるのは鈴森のことだけだった。

けれど、肝心な連絡先がわからず連絡を取れずにいた。

リハビリを必死に頑張った甲斐もあり、体は元の状態に近い。

もうこれ以上、市川桜の思いどおりにはさせない。

自分のエゴのために鈴森を縛りつけようとしている市川。

それは友達としての関係を越えている。明らかに異常だ。

『そんなすぐに学校に行かなくてもいいのよ。もう少し休んだほうがいいんじゃない？』という親の説得にも従わず、俺は学校へと向かった。


学校へつくと、俺は注目の的になっていた。

「ほらっ、あの人。屋上で……」

「嘘。退学じゃないの……？」

コソコソと、あちこちから聞こえてくる声を無視して教室に向かう。

「よう。玲央」

教室に入った瞬間、クラスで一番仲のいい野本《のもと》が俺の元へ歩み寄った。

「おお。お前のおかげでマジで助かった」

「だよなぁ〜。俺、お前の命の恩人でしょ？」

「だな。今日、学食おごってやるよ」

「マジ？　ラッキー！」

満足げに笑う野本。

もしもあの時、屋上に野本が来てくれなかったら、俺は今、ここにはいないだろう。

授業をサボる時や一人になりたい時は、普段から誰もいない立ち入り禁止の屋上にいることが多かった。

職員室に置いてある屋上のカギは、複数のスペアキーがあった。それを一つ借りたところで教師はまったく気がつかなかったようだ。

俺と野本はそのカギで屋上に忍び込んでは、仰向けに寝転がり日光浴をしていた。

あの日、授業がはじまっても教室に戻ってこない俺が気になった野本は、屋上へとやってきた。

カギのかかった屋上の扉の前に立つと、異様な叫び声がしたらしい。

慌てててカギを開けると、ナイフを振りかざす五十嵐が立っていた。

『おい、何してんだよ！！』

意識が遠のいていく中、野本が五十嵐の手からナイフを奪い取ったのを感じた。

俺は間一髪のところで運よく野本に助けられたのだ。

「で、鈴森と市川の様子は？」

自分の席に座ると、野本が前の席に腰かけた。

「ヤベーな。完全に洗脳されてる感じ」

「やっぱりそうか」

入院中、見舞いにきてくれた野本には、今まで起きたすべての出来事を話した。

話を聞いて驚いていた野本も、『俺にできることなら協力する』と言ってくれた。

だから俺が入院している間、野本に鈴森と市川を監視してもらうことにした。

「それで、白石好未は？」

「ああ、あの子？　頭が切れて結構出血してたみたいだけど、命には別状ないってさ。

親の勧めで自主退学したって。だから、あの子がどうしてケガをしたのかは俺たちに
はもうわからない」

「そっか」

俺と五十嵐が争い合いをしていたあの日、白石好未が階段から落ちて大ケガをした

ということを警察から知らされた。

俺と五十嵐との間に起こったことと白石のケガを、警察は関連づけて考えているような口ぶりだった。

すべては市川の計画なんだろう。市川は目論見《もくろみ》どおり、俺と五十嵐、そして白石を鈴森のまわりから排除した。そして、すべてを知る島田の兄貴は自殺した。

いや、自殺ではなかったのかもしれない。市川は、口封じのために兄貴を殺したに違いない。

俺たちや鈴森を疑心暗鬼にさせて互いを攻撃し合わせ、最後はすべての手柄をかっさらう。

鈴森のまわりには、もう市川しかいない。

どうにかして鈴森から市川を引き離さなければいけない。

そうしなければ、今後も犠牲者が出るだろう。

「おいっ、噂をすればだぞ」

すると、野本がクイッと顎で教室の入り口を指した。

振り返ると、そこには市川桜の姿があった。

わずかに口角を持ち上げた市川を見て、俺は弾かれたように立ち上がっていた。

「三浦くんってば、よくあんなケガして生きてたわね」

市川の背中を見つめながら廊下を歩く。教室から離れた廊下の端につくと、市川は立ち止まった。

「残念だったな。お前の望みどおりに俺が死ななくて」

「本当に残念だったわ。死んでくれなくて。あんなことになってもう学校には来ないだろうと思ってたのに、何食わぬ顔で登校することにも驚いた。かなり図太い神経してるのね？」

「図太い？　お前には負けるよ」

「あーあ。こんなことになるなら、あなただけじゃなく翔くん共々とどめを刺しておけばよかった」

「……お前、よくそんなことが言えるな」

あまりの怒りに顔中の筋肉がピクピクと痙攣する。

「だって、すべては愛する莉乃のためだもの」

「違うだろ。すべては自分のためだろ？　お前の鈴森への独占欲は異常だ。お前は鈴森を自分に縛りつけておきたいだけだ！」

「何を言ってるの？　莉乃だってそう思ってるんだから。あたしと莉乃のことを知らない部外者が、あたしたちのことに口を出さないで！」

「俺だけじゃなく、五十嵐や白石もストーカーに仕立て上げて鈴森を疑心暗鬼にさせたくせに。お前の鈴森への気持ちは歪んでる。そんなの鈴森のためになんてなるわけないだろ！」

「うるさい！　それがどうしたっていうの？　莉乃はあたしの天使なの！　あたしだけの天使なんだから‼」

長く重たい前髪の間から覗く血走った目が、ギラギラと怪しく光る。

「莉乃は、アンタになんてやらないんだから」

市川はギリギリと奥歯で歯ぎしりすると、くるりと俺に背中を向けて歩き出す。

「莉乃〜。待ってて。すぐに戻るからね」

そうひとり言を呟く後ろ姿から漂う負のオーラに、思わず顔を歪める。

鈴森はいったいどうなってしまったんだろう。あいつに洗脳されてしまった鈴森を思うと胸が痛む。でも、それと同時に、なんとかして鈴森を助けてやらなくてはならないという思いが働いた。

昼休みになると、俺は隣のクラスに出向き、教室を覗き込んだ。

鈴森のすぐそばには市川がいて、俺や他のクラスメイトと鈴森が接触しないように神経を尖らせているのか、市川はキョロキョロとあたりを見渡して落ちつかない様子だった。

今までは五十嵐や白石も一緒に、俺から鈴森を遠ざけようとしていた。

あの時、もっと強引にでも鈴森に声をかけていればよかったと、何度後悔したかわからない。

もっと早く真実を伝えていれば……。例え自分がストーカーだと疑われても、あいつを守るためにはすべてを打ち明けるべきだった。

だからもう、俺は手段を選んでなどいられない。

俺は鈴森のいる席へ歩みを進めた。

「ちょっ、見て！」

「嘘……なんだろう」

俺が入ってきたことで、教室内がざわつく。

まわりから、どう言われようと、どう見られようと関係ない。

俺が今すべきことは、鈴森を市川の呪縛から解放することだ。

「三浦……くん？」

俺に気づいた鈴森は、生気のない瞳をこちらに向けると若干顔を歪めた。

そして、なんて話したらいいのかわからない様子で、助けを求めるように市川に視線を向ける。

きっと、あることないこと市川に言われて洗脳されているのだろう。鈴森の反応から、俺は悪い人間だと吹き込まれているようだった。

この洗脳を完璧に解くのは簡単なことじゃない。

「な、何よ！　何しにきたわけ？」

強行突破した俺に驚いた市川が、顔を真っ赤にして応戦する。

「鈴森に用があってきた。ちょっといい？」

そんな市川を横目で見ながら鈴森の腕を掴んで立ち上がらせようとすると、市川が俺の手を払いのけた。

「莉乃に汚い手で触らないで！　莉乃はあなたに話すことなんてないから」

「お前の意見を聞きにきたんじゃない」

「莉乃、いいんだよ？　別に無理して話なんてしなくて」

「三浦くん……あたしね……いろいろな記憶が飛んでるの」

鈴森は困ったように俺と市川を交互に見つめる。

「あぁ」

「あの日……屋上で起こったことも……記憶が曖昧なの。でも、思い出そうとするとすごく怖くて……それでね……」

「わかった。もういい。無理に思い出そうとするな」

顔面蒼白になりながら体を震わせる鈴森を見ていられず、俺は言葉を遮った。

無理やり辛い出来事を思い出させることは、鈴森のためにならない。

それに、それでは市川と同じだ。俺は絶対に市川のようにはならない。

自分のエゴを押しつけ、それを正当化する市川のようには。

でも、好きな女が苦しんでいる姿を見るのは辛い。俺はただ、鈴森を救い出してやりたいだけだ。

市川にマインドコントロールされている鈴森を……。

「ほらっ、三浦くんもそう言ってるし、思い出したくないことは思い出さなくてもいいんじゃない？」

「でも……思い出さないといけない気がするの。何かすごく大切なことを忘れてしまっているような気がして」

「莉乃ってば、またそんなこと言って。大丈夫。莉乃にはずーっと、あたしがついているんだから」

市川が鈴森の背中をさすりながら、『早く教室から出ていけ』というように顎で教室の出入り口を示す。

「鈴森、また来るから」

俺は鈴森に別れを告げ、教室をあとにした。

俺は俺のやり方で鈴森を救ってみせる。俺が必ずあいつを。

その日から、俺は鈴森を苦しめない程度に声をかけ続けた。

廊下で会った時や選択授業で一緒になった時、集会で体育館に集まった時。

何気ない会話で少しずつ距離を縮めようとした。

もちろん、その会話はすぐに市川によって遮られる。

けれど、それにめげずに続けた結果、鈴森はほんの少しだけ俺に心を許してくれるようになった。

そしてついに、俺にチャンスが巡ってきた。

「あっ、三浦君。おはよう」

朝、登校すると、鈴森と廊下でばったり会った。

いつも隣にいるはずの市川の姿が見えない。

「市川は……？」

「親戚の人が亡くなってお葬式に行くみたい。だから、今日は休むって言ってたの。

本当はあたしも休むように言われてたんだけど、どうしても今日までに提出しなくちゃいけない課題があったから、桜に内緒で来ちゃったの」

「休むように言われた？」

「うん。桜が学校にいない時にあたしに何かあったら困るからって。桜って本当に優しいよね。だから、課題を提出したらすぐに帰るの」

市川の言いつけを守ることが当たり前のような口調で話す鈴森。

「別に帰らなくてもいいだろ？」

「ううん、ダメだよ。すぐに帰らないと桜にガッカリされちゃう」

「でも、鈴森が学校に来てるかどうかなんて、家にいる市川にはわかるわけないだろ？」

「わかるんだよ。あたしの位置情報が桜にわかるよう、スマホにアプリを入れてあるから」

「……は？　なんだよ、それ」

鈴森の言葉に思わず固まる。

「それに、今日は三十分に一回は桜に何をしてるのか連絡する約束だから。授業を受けてて忘れたら大変だもん」

背筋がスッと冷たくなった。

鈴森が何も疑わないのをいいことに、市川は鈴森のプライベートもすべて監視してコントロールしている。

あいつは鈴森を愛していると言っていた。でも、違う。

こんなの違う。絶対に違う。

「鈴森、あのさ――」

言いかけた瞬間、前方から歩いてくる人影に気がついた。

「莉乃‼」

大声で叫びながら足を踏み鳴らしてやってきたのは、真っ黒な髪を振り乱した市川だった。

「どうしてあたしとの約束を破ったの？　どうして⁉」

目を血走らせて俺たちの前まで歩み寄った市川は、今にも掴みかかりそうな勢いで鈴森に詰め寄った。

「さ、桜……。ごめんね。あのね、今日までに絶対に提出しなくちゃいけない課題があって。それで……」

「課題とあたしどっちが大切？　莉乃のことを思って休んだほうがいいって言ったあたしのこと、裏切るの？」

「違うよ！　桜のことを裏切ろうとしたわけじゃないの……！」

必死に誤解を解こうとする鈴森の腕を市川が掴んだ。

ＧＰＳで鈴森の居場所を特定し、学校までやってくるなんて。そのあまりに異常な執着に、言いようもない恐怖が込み上げてくる。

「帰ろう、莉乃」

市川が鈴森の左腕を強引に引っ張る。

「桜、お願い！　課題だけ提出させ――」

「ダメ！　今すぐ帰るの‼」

市川は鈴森の言葉をシャットアウトする。

「待てって！」

引っ張られていきそうになっている鈴森の腕を掴むと、市川はキッと俺を鋭い瞳で睨みつけた。

「離しなさいよ‼」

怒号を上げる市川は、さらに力を込めて鈴森の腕を引っ張る。

「痛いっ……痛いよっ桜！」

鈴森の顔が痛みに歪んだことに気づき、俺が鈴森から手を離した瞬間、

「あっ……」

鈴森はポツリと声を漏らした。

「これと同じことが……前にもあった」

「莉乃……？」

どこか一点を見つめたままの鈴森はさらに続ける。

「あたしの腕を翔が引っ張ってた……。それに三浦くんも。あたしが痛いって言っても翔は引っ張り続けたの。でも、三浦くんは離してくれた。あたしのことを想って。そうだ。そうだよ……！　思い出した……！　あの日、あの時に屋上であたしを助けてくれたのは……」

「──莉乃、いいんだって！　無理に思い出したりしなくて！　ねっ、もう考えるのやめよう？　とにかくもう帰ろう？　ねっ？」

慌てて話をそらそうとしている市川の元へ、教師が歩み寄った。

「おい、市川！　お前、どうして学校にいるんだ？　今日はお葬式に行くんじゃなかったのか？　早く家に帰りなさい」

「だ、大丈夫です。もう帰るので」

教師の登場に驚いた市川の手が、鈴森の腕から離れた。

「さっき親御さんから連絡が来たんだ。お前が家から急に飛び出していなくなったって。お前が学校にいたことを連絡するから。とにかく、一緒に職員室へ来なさい」

「で、でも……」

「鈴森、行くぞ‼」

俺は鈴森の手のひらを掴み、駆け出した。

鈴森も俺に手を引かれて駆け出す。

「莉乃‼　待って！　待ちなさいよ‼」

背中に市川の絶叫がぶつかるのを無視して、俺はひたすら走り続ける。

「三浦くん、待って！　桜が……」

「ダメだ！　この手は絶対に離さない‼」

俺は階段を駆けおりて渡り廊下を渡り、上履きのまま鈴森を体育館裏に連れてきた。

「ハァ……ハァ……ハァ……」

肩で息をしている鈴森は、膝に手をついて呼吸を整えている。

俺はその間に、スマホである人物にメッセージを送った。

これがきっとラストチャンスになる。

「三浦くん……ごめん……ごめんね……。あたし、走ってる間に全部思い出したの。翔が好未のことを階段から突き落としたことも、翔が屋上で三浦くんのことをナイフで刺したことも、三浦くんがあたしを助けてくれたことも」

白石がケガをした原因は五十嵐だったのか……。

「あたし……なんて謝ったらいいのかわからない。三浦くんのことを置き去りにして屋上から逃げて……」

鈴森はボロボロと涙を流す。俺はポンッと鈴森の頭を叩いた。

「そんなこと気にすんなって。俺が逃げろって言ったんだから」

「でも……三浦くんは何も関係ないのに、あたしのせいで巻き込まれて……」

「いや、それは違うから。俺は関係ないなんて思ってないし。前にも言っただろ？俺はお前が好きだって。だから、関係ないってことはない」

「三浦くん……」

「ずっと後悔してた。もっと早く鈴森に五十嵐のことを話せばよかったって。あいつの過去をちゃんと話せばよかったのにって」

鈴森の目の下の涙を指でぬぐう。

「あたしこそ……三浦くんのこと疑ってごめんね。……自分はストーカーじゃないって三浦くんはずっとあたしに言い続けてたのに、信じてあげられなくて本当にごめんなさい」

嗚咽交じりに涙を流す鈴森。

「もういい。でも、今から言うことだけは信じてほしい」

「……え？」

「ストーカーの正体は、俺でも五十嵐でも白石でもない」

「じゃあ、誰だっていうの……？」

鈴森の顔が曇る。

「市川だ。市川桜」

　その名前を口にしたと同時に、鈴森はまさかというように首を横に振った。

「そんなはずないよ。だって桜はあたしの親友だもん。桜があたしをストーカーする理由がないよ」

「いや、あるんだ」

　俺は鈴森に、島田の兄貴のことや五十嵐の元カノである妹のこと。

　それに、島田の兄貴が市川と連絡を取り合っていたこともすべて話した。

　鈴森は顔を強張らせながら話を聞いていた。

「あいつは鈴森への異常な執着心を持ってる。お前は市川のことを信じすぎたんだ。もちろん、あいつがそう仕向けたんだろう。でも、あいつの鈴森への感情は歪んでる。鈴森を独占するためには手段を選ばず、まわりの人間を排除しようとする。俺も五十嵐も白石も、市川にハメられたんだ」

「まさか……そんな……」

「ずっと親友だと思ってた市川を信じたい気持ちもわかる。でも、親友のスマホに位置情報のアプリを入れたり、何をしているのか三十分おきに連絡しろって言ったり、学校を休むように命令するなんて変だって思わないか？」

「……そう言われれば、たしかにそうかも……。でも、そうしなくちゃいけないような気がして……」

「鈴森は市川にマインドコントロールされてたんだ。でも、今なら目を覚ますことができる。ちゃんと現実と向き合えるか？」

「だけど……桜がストーカーだっていう証拠はないんだよね……？」

「いや、ちゃんと証拠もある」

「本当に……？」

「あぁ」

うなずくと、鈴森は一度大きく息を吐いた。

「大丈夫。あたし……何があっても、ちゃんと受け入れる」

覚悟を持った口調の鈴森に、俺は取り出したスマホであるアプリを起動して鈴森へ手渡した。

「これは、俺と市川の会話の録音だ」

俺の言葉に鈴森はごくりと唾を飲むと、震える指で再生ボタンを押した。

『三浦くんってば、よくあんなケガして生きてたわね』

「桜の声だ……」

レコーダーの音に全神経を集中させている鈴森。

『残念だったな。お前の望みどおりに俺が死ななくて』

『本当に残念だったわ。死んでくれなくて。あんなことになってもう学校には来ないだろうと思ってたのに、何食わぬ顔で登校することにも驚いた。かなり図太い神経してるのね？』

『図太い？　お前には負けるよ』

『あーあ。こんなことになるなら、あなただけじゃなく翔くん共々とどめを刺しておけばよかった』

『……お前、よくそんなことが言えるな』

鈴森の顔が曇る。震える唇を手のひらで押さえ、必死に漏れそうになる声を抑えている。

『だって、すべては愛する莉乃のためだもの』

『違うだろ。すべては自分のためだろ？　お前の鈴森への独占欲は異常だ。お前は鈴森を自分に縛りつけておきたいだけだ！』

『何を言ってるの？　莉乃だってそう思ってるんだから。あたしと莉乃のことを知らない部外者が、あたしたちのことに口を出さないで！』

『俺だけじゃなく、五十嵐や白石をストーカーに仕立て上げて鈴森を疑心暗鬼にさせたくせに。お前の鈴森への気持ちは歪んでる。そんなの鈴森のためになんてなるわけないだろ！』

『うるさい！　それがどうしたっていうの？　莉乃はあたしの天使なの！　あたしだけの天使なんだから‼』

鈴森の目から大粒の涙が溢れ、頬を伝う。

『莉乃は、アンタになんてやらないんだから』

鈴森はそこまで聞いたところで、アプリを止めた。

「辛いかもしれないけど、これが真実だ」

俺はスマホを鈴森の手から受け取り、ポンポンッと励ますように頭を叩いた。

「全部……今まで起こったこと全部は桜が……」

「あぁ。間違いない」

「そんな……。桜が……」

がっくりと肩を落としてうなだれる鈴森の肩を抱き、支える。

すると、前方から必死の形相を浮かべてまわりに視線を走らせる市川の姿を視界にとらえた。

「桜……」

「り、莉乃……‼」

俺たちに気づいた市川はこちらへ駆け寄り、鈴森に手を伸ばす。

「触らないで！」

でも鈴森が放った言葉を聞き、寸前のところで市川は手を止めた。

鈴森は、まっすぐ市川を見つめる。

「えっ？　莉乃？　どうしたの？」

「全部、三浦くんに聞いたの。ストーカーの正体は桜なんでしょ？」

「な、何それ‼　そんなはずないでしょ？　三浦くんなんかの言葉を信じて親友のあたしのことを疑うの？」

「証拠があるの」

「証拠……？」

鈴森が俺に視線を向ける。俺は取り出したスマホで録音した音声を市川に聞かせた。

「な、何これ。こんなのいつ録ったのよ！」

憎々しげに市川は俺を睨みつける。

「退院後、初めて登校した日。お前が俺を呼び出したんだろ？」

「ううん、違うわ。これは違う。こういうのって簡単に作れるもの。三浦くんって本当に最低だね。こういうのを勝手に作るのって犯罪だからね？」

「いや、これは作ったものじゃない。音声解析してもらってもかまわない」

「そう？　じゃあ、そのスマホをあたしに貸して？」

「なんでだよ。お前、消す気か？」

「違うわよ！　いいから貸して‼」

必死に俺に手を伸ばす市川を冷めた目で見おろす。鈴森の頭には、ちゃんとお前の悪事が記憶されたんだから
「これを消したところで、もうどうにもならない。

「そ、そんな……。り、莉乃！　あたしじゃないの。お願いだから信じて？　ねっ？」

必死になる市川に、鈴森は首を横に振った。

「あの声は……間違いなく桜だった」

「だから、三浦くんがあたしの声を勝手に……」

「ごめん。もう桜のこと……信じられない」

涙を流しながら言った鈴森を見て、市川の目が吊り上がる。

「どうして？　そんなのおかしい。全部、莉乃ためだったんだから。莉乃の幸せのためにあたしが邪魔者を排除してあげたのに。それなのに、どうして？　あたしは悪いことなんて何一つしてないの。どんな時だって、あたしが考えているのは莉乃の幸せだから。そのためには手段なんて選んでいられない！」

「桜……」

「今はきっと混乱してるのね。わかってるよ。中三の時、莉乃があたしに手を差し伸

べて助けてくれたように、これからはずっとあたしが莉乃を守るから。だから、安心して？　ねっ？」

「やめて……。お願い、桜……。もうやめて……」

市川の狂気に気づいた鈴森が、ボロボロと涙を流す。

「ううん、やめない。ずーっとやめないから。だって莉乃はあたしの天使なんだから。今までもこれからも、ずっとずっとあたしだけの天使。他の人には絶対にあげないんだから。あたしと莉乃は一心同体の存在だもの」

「あたしと桜は一心同体なんかじゃない！　もう、桜は……あたしの親友でも……友達でもない‼」

鈴森が叫んだ瞬間、市川はポケットから何かを取り出した。

それは折り畳み式のナイフだった。近くの茂みに人影が見える。

まだだ。出てくるのはまだ早い。俺は小さく首を横に振った。

「かわいそうな莉乃……。三浦くんに変なこと吹き込まれちゃったのね。こうなったら、しょうがないね。一緒に天国に行こう？　そうすれば、ずっとずっと離れないでいられるから。あたし、莉乃がいれば死ぬのなんて怖くない」

「さ、桜……お願い！　やめて‼」

鈴森が恐怖におののきながら叫んだ瞬間、市川がナイフを振り上げた。

俺は鈴森を自分の背中に隠し、右腕を差し出した。

ナイフは前腕に当たり、滑るようにブレザーが引き裂かれる。

ピリッとした痛みのあと、腕から鮮血が滴り落ちた。

「三浦くん‼」

鈴森が叫んだ瞬間、

「おい、やめろ‼」

タイミングを見計らって、そばの茂みから飛び出した野本が市川からナイフを奪い、その場に市川をうつぶせに押さえつける。

「邪魔するなぁぁぁぁああ‼」

絶叫する市川の体を押さえつけている野本が、「玲央、大丈夫か？」と尋ねてきた。

「あぁ」

俺が答えると、鈴森もホッとした表情を浮かべた。

だけど自分がずっと親友だと思っていた市川の本性を垣間見て、鈴森はすぐに恐怖に震え上がりはじめた。

すると、市川は何を思ったのか抵抗するのをピタリとやめた。

「こんなことしてただですむと思う？　女の体をこんなふうに押さえつけるなんて。アンタたちみたいな不良は警察に捕まえてもらうのなんて簡単なんだから！」

市川の言葉に野本がクスッと笑う。

「いや、残念だけどそれは無理だよ。そのナイフには指紋がついてると思うし、さっきナイフを振り上げて玲央を攻撃した瞬間も、動画にちゃーんと証拠として収めてあるから。警察に通報したら捕まるのは誰だろうね？」

「くっ……！」

野本の言葉に、市川がギリギリと歯ぎしりする。

「アンタには絶対に莉乃は渡さない」

俺をなおも睨みつける市川。

「──おい、どうした！　そこで何をやってる⁉」

騒ぎに気づいた教師が、こちらに駆け寄ってくるのが見える。

「あぁ、そうだ。あと一つ、市川に言っておきたいことがあった。島田の兄貴は自殺じゃないってさ」

「……え……？」

市川の顔が曇る。

「まだ公表されてはいないけど、殺人事件として捜査するって警察が言ってた」

「どうして……」

「どうして？　そんなのお前が一番よくわかってるんじゃないのか？　入院してる間、

俺のところに頻繁に刑事が島田の兄貴の話を聞きにきたんだ。自殺として処理しようと思っていたけど、不可解で納得のいかない点がありすぎるって。だから、全部俺が話した。お前のしてきたこともすべて。現場に島田の兄貴以外の指紋も出たって言ってたし、そろそろ家に警察が来るんじゃないか？　もう学校にも来られないな？」

「そんな、そんなの嘘……。嘘……。いやぁあぁぁああ――――‼」

髪を振り乱して叫ぶ市川のそばに、複数の教師が駆け寄る。

「このナイフはいったいなんだ⁉　おい、三浦！　お前ケガしてるじゃないか！」

「大変だ！　誰か、すぐに警察と救急車を呼べ‼」

教師たちが騒ぐ。

「もうお前は終わりだ。感情に任せて俺にケガをさせた以上、これからしばらくは警察でみっちり取り調べを受けることになるはずだ。そのあとは島田の兄貴の事件で取り調べを受けることになるし、もう鈴森との接触はできなくなる」

「まさか……アンタ、わざとケガをしたの……？」

「お前の負けだ」

「そんな……」

市川は諦めたのか、すべての抵抗をやめた。

教師に両腕を掴まれ拘束されて、力なく歩く市川。

「三浦、校門まで自分の足で歩けるか？」

「歩ける」

「よし！　市川は一度、職員室へ連れていく！　野本も一緒についてこい！」

教師の言葉に、野本も市川のあとを追って歩き出す。

振り返った市川は、すがるような目で鈴森を見つめる。

けれど、鈴森は市川から視線を外した。

その反応を見て鈴森の意思を悟った市川は、肩を落としてうなだれていた。

鈴森の洗脳は解けた。鈴森は市川と決別したんだ。

すべてが終わった瞬間だった。

市川の罪は、これですべて暴かれるに違いない。

「三浦くん……大丈夫……？　二度もケガさせちゃうなんて……本当にごめんね」

涙を流しながら謝る鈴森。

「大したことない。こんなのかすり傷だし」

「でも……」

「鈴森が気にすることないし」

「でもそれじゃ悪いよ……。あたし、三浦くんにいつも助けてもらってばっかりだったもん。それなのに、あたしは三浦くんに何もしてあげられない」

「じゃあさ……」

「何？　あたしにできること……ある？」

必死に尋ねてくる鈴森に、俺はふっと笑った。

「今度こそちゃんと連絡先を教えてほしい。今度はしつこく家にいるかの安否確認なんかしないからさ」

俺の言葉に、鈴森は溢れる涙を手の甲でぬぐってほほ笑んだ。

「もちろんだよ。今度は絶対にブロックしないから」

「とか言って、またすぐブロックすんだろ？」

「しないよ！　あの時は本当にごめんね……」

ふざけてからかうと、鈴森は困ったように眉をハの字にする。

「――おい！　三浦、何をモタモタしてるんだ！　早くこっちに来い！　もうすぐ救急車が来るぞ！」

遠くのほうから教師の叫び声がする。

俺は「今、行く！」と返して鈴森へ視線を向けた。

「バーカ。冗談だって」

「も、もう三浦くんってば！　からかわないでよ！」

鈴森はホッとした表情を浮かべたあと、太陽のように眩しい笑顔を俺に向けた。

五十嵐に刺された時に思った。鈴森の心からの笑顔を俺だけに向けてほしかったと。

それが今、現実になった。

「三浦くん、行こうか」

鈴森の茶色い瞳が俺に向けられる。

「あぁ」

俺は大きくうなずいて歩き出す。

「傷、痛いよね？　大丈夫？」

「だから心配しすぎだって」

優しすぎる鈴森のことが逆に心配になる。

その優しさに、また誰かがつけ込もうとするかもしれない。

その時に俺が隣にいられたら、いつだって助けてやることができるのに。

「つーか、俺、何度も言うようだけど鈴森のこと好きだから。今フリーならマジで狙いにいってもいいよな？」

「えっ……？」

俺の言葉に、鈴森は顔を真っ赤にしてうろたえた。

慌てたその様子も愛おしい。

校門の前に到着した俺たちの元へ、パトカーと救急車のサイレン音が近づいてくる。

「三浦くん……。あたしのこと……好きになってくれてありがとう」

少し考えたあと、鈴森は照れ臭そうにはにかみながら言った。

「鈴森も俺のこと、好きになってくれんの？」

そう尋ねると、鈴森が何か言葉を発した。

でも、その声は目の前まで来た救急車のサイレン音でかき消された。

救急車の中から、数人の救急隊員が降りてくる。

「話はあとでな」

「うん」

鈴森はまっすぐ俺を見つめると、柔らかい笑みを浮かべた。

すべては終わった。

今日からまたはじめよう。

俺は鈴森の頭をポンッと叩くと、新たな一歩を踏み出した。

END.

あとがき

数ある本の中から『恐愛同級生』を手に取って頂きありがとうございます。

『恐愛同級生』は数年前に書いた小説です。

当時、恋愛小説ばかりを書いていたのですが、このお話を書き終えた時になんともいえない不思議な達成感がありました（笑）

それがきっかけで、その後ホラー小説を書くようになりました。

なので、私にとって『恐愛同級生』は、とても思い入れの強いお話です。

今回、出版にあたり番外編を追加しているのですが、じつはその内容は、読者の皆さんの感想やレビューがきっかけだったりします。

野いちごのラストでは、その後は読者の皆さんにお任せするというスタイルをとっていたのですが、悶々としてしまった方もたくさんいらっしゃったようで、『この後どうなったのか知りたい』とか『続編希望です』というご意見をたくさん頂きました。

私自身も本を読むことがあるのですが、『え――、これで終わり⁉　嘘でしょ⁉

続きは!?』と思ってしまうことが多々あります。

もちろんそういうラストを好む方もいるかなとは思うのですが、消化不良を皆さんに味わわせているのかと思うと本当に申し訳なくて……。

そんな思いから、今回想像にお任せする形ではなく、きちんと着地点を見出すことにしました。

この本だけのラスト、どうだったでしょうか……？

どうか皆さんにとって納得のいく結末でありますように……！

最後までお付き合い頂きありがとうございます。

また、イラストレーターの382さん、デザイナーさん、そしていつも応援してくださる読者の皆様、この本に携わってくださったすべての方々にお礼申し上げます。

本当にありがとうございました。

二〇一九年四月二十五日　なぁな

なぁな

2児のママ。『純恋−スミレ−』で第6回日本ケータイ小説大賞優秀賞を受賞し、書籍化。『イジメ返し』で野いちごグランプリ2015ブラックレーベル賞受賞。さらに、ケータイ小説文庫『龍と虎に愛されて。』、『不良彼氏と胸キュン恋愛♥』、『キミを想えば想うほど、優しい嘘に傷ついて。』、『トモダチ崩壊教室』、『イジメ返し〜恐怖の復讐劇〜』、『女トモダチ』など著作多数（すべてスターツ出版刊）

絵・382（みやつ）

北海道在住のイラストレーター。かわいらしくもどこかシニカルなタッチのキャラクターと、赤色を使ったイラストが得意。写真×イラストのコラボレーションやオリジナルグッズ制作・販売を中心に活動中。装画を担当した『復讐日記』（スターツ出版刊）が好評発売中。

なぁな先生への
ファンレター宛先

〒104-0031　東京都中央区京橋1-3-1　八重洲口大栄ビル7F
スターツ出版（株）　書籍編集部気付　なぁな先生

この物語はフィクションです。
実在の人物、団体等とは一切関係がありません。

恐愛同級生

2019年4月25日　初版第1刷発行

著　者　なぁな　

発行人　松島滋

イラスト　382

デザイン　カバー　角田正明（ツノッチデザイン）
フォーマット　齋藤知恵子

DTP　朝日メディアインターナショナル株式会社

編集　若海瞳　酒井久美子

発行所　スターツ出版株式会社
〒104-0031
東京都中央区京橋1-3-1 八重洲口大栄ビル7F
出版マーケティンググループTEL 03-6202-0386
（ご注文等に関するお問い合わせ）
https://starts-pub.jp/

印刷所　共同印刷株式会社
Printed in Japan

ISBN　978-4-8137-0666-3　C0193

ケータイ小説文庫　好評の既刊

『王子様の甘い誘惑♥』　なぁな・著

愛沢理生は私立桜花高校に入学したその日に、ミルクティ色の長いサラサラの髪をなびかせ、吸い込まれそうなほど茶色い瞳を持つ王子様男、真野蓮と出会う。蓮は理生に「お前は俺の家政婦兼同居人だ」と言い渡し、その日から理生は蓮の住む高級マンションに同居させられ…⁉　なぁなの大人気作！

ISBN978-4-88381-594-4
定価:本体 520 円＋税

ピンクレーベル

『王様彼氏とペットな彼女⁉』なぁな・著

高２のアユは、転校した先で同い年の小野壱星と出会う。彼はイケメンながらも、そっけなくてクールな不良男子。でも、小野君の本当の優しさに気づいたアユは、次第に彼のことが気にかかり、いつしか２人は付き合うものの…⁉　大人気作家・なぁなが贈る文庫第３弾は、じれじれ甘々な学園ラブ☆

ISBN978-4-88381-580-7
定価:本体 540 円＋税

ピンクレーベル

『王子様は金髪ヤンキー⁉』　なぁな・著

高校生の未来はフラれた元彼のことを忘れられずにいる毎日。でもある日、同じ学校の金髪不良男・新城隼人から「俺が忘れさせてやる」と言われ、戸惑いながらも彼と行動を共にするようになる。隼人の正直な性格に未来は惹かれてしまい…⁉
不良、でも優しい彼との青春ラブストーリー♡

ISBN978-4-88381-566-1
定価:本体 530 円＋税

ピンクレーベル

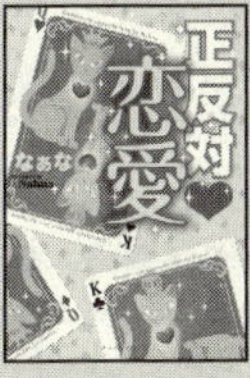

『正反対♡恋愛』　なぁな・著

自信のない地味な女子高生・鈴木佐奈は、以前、その容姿のことで男子からバカにされたことが今でも心の傷。そんな佐奈は隣のクラスの翔太に片思いをしているが、長い金髪に耳ピアスをした自分とは“正反対”な山下銀との出会いをきっかけに、次第に銀に惹かれていく。オクテ女子と金髪イケメンのドキドキ☆ラブ！

ISBN978-4-88381-550-0
定価:本体 510 円＋税

ピンクレーベル